中华
魂
ZHONGHUA HUN

百部爱国故事丛书

爱国志士　民主先锋

——新闻出版家邹韬奋的故事

刘思佳　编著

吉林人民出版社

图书在版编目（CIP）数据

爱国志士　民主先锋：新闻出版家邹韬奋的故事 /
刘思佳编著 . -- 长春：吉林人民出版社，2011.3（2025.4 重印）
（中华魂·百部爱国故事丛书）
ISBN 978-7-206-07517-9

Ⅰ.①爱… Ⅱ.①刘… Ⅲ.①故事—中国—当代
Ⅳ.① I247.8

中国版本图书馆 CIP 数据核字 (2011) 第 032579 号

爱国志士　民主先锋
——新闻出版家邹韬奋的故事
AIGUOZHISHI　MINZHU XIANFENG
——XINWEN CHUBANJIA ZOU TAOFEN DE GUSHI

编　　著 : 刘思佳
责任编辑 : 张　娜　　　　　　封面设计 : 孙浩瀚
制　　作 : 吉林人民出版社图文设计印务中心
吉林人民出版社出版 发行 (长春市人民大街7548号　邮政编码 :130022)
印　　刷 : 北京一鑫印务有限责任公司
开　　本 : 787mm×1092mm　 1/16
印　　张 : 8　　　　　　　字　　数 :64千字
标准书号 :ISBN 978-7-206-07517-9
版　　次 :2011年3月第1版　　印　　次 :2025年4月第3次印刷
定　　价 :35.00 元

如发现印装质量问题,影响阅读,请与出版社联系调换。

总　序

　　《中华魂》是一套故事丛书。它汇集了我国自鸦片战争以来一百八十余年间的近百位民族英雄、仁人志士、革命领袖、先进模范人物的生动感人事迹，表现了他们作为中华儿女的伟大的爱国主义精神。

　　爱国主义是人们对于"生于斯、长于斯、衣食于斯"的祖国的一种神圣感情，是人们对于自己民族的一种强烈的责任感和使命感，是感召和激励整个中华民族的一面永不褪色的旗帜。在一百多年的中国近现代史上，爱国主义一直激励着中华儿女为祖国的独立、统一、进步和繁荣而英勇奋斗。从"苟利国家生死以，岂因祸福避趋之"的林则徐，到"我自横刀向天笑，去留肝胆两昆仑"的谭嗣同；从"铁肩担道义，妙手著文章"的李大钊，到"青春换得江山壮，碧血染将天地红"的赵一曼；从"县委书记的好榜样"的焦裕禄，到"问鼎长天，扬我国威"的邓稼先……都表现出了强烈的爱国主义精神。正是由于热爱祖国的人们前仆后继地奋斗，国家和民族才得以生存，才能够在一次次历史危急关头转危为安，走向兴盛和富强，从而屹立于世界民族之林。爱国主义是鼓舞中华儿女历经忧患、跨越沧桑、百折不挠、自强不息的伟大力量，它贯穿于中华民族的整个历史，并有力地凝聚着五洲四海的中国人。

爱国主义是一个历史的范畴，在社会发展的不同阶段、不同时期有不同的具体内容。革命时期，需要我们为祖国的独立自主出生入死；建设时期，需要我们为祖国的繁荣富强增砖添瓦。在全国各族人民团结一心，开启全面建设社会主义现代化国家新征程的今天，我们要争做一名新时期的爱国者。新时期的爱国者要有强烈的民族自尊心、自豪感。民族自尊心、自豪感是任何时期、任何爱国者都必须具备的情感。民族自尊心能增强我们自立向上的恒心，民族自豪感能树立我们建设祖国的信心。要树立"祖国高于一切"的崇高信念，为了祖国和人民的利益不惜抛却个人的利益，甚至不惜牺牲个人的生命。我们要树立终身学习的理念，拓宽自己的知识面，广泛吸收新知识、新技术，完善自身的知识结构，更新学习知识的方法与理念，从思想上、知识上充分武装自己，为祖国的繁荣昌盛贡献力量。

爱国主义思想的继承和发扬，是关系到民族盛衰、国家兴亡的根本问题。爱国主义思想情操的形成，需要不断地培养。培养爱国主义精神的一个重要途径是向英雄人物和典范事迹学习和致敬。这套丛书的出版,对于青少年向英雄和先进人物学习,特别是对于在中小学生中进行爱国主义教育是不可多得的生动的教材。祝愿此书出版发行成功,为培养时代新人做出贡献。

胡维革

热爱人民，真诚地为人民服务，鞠躬尽瘁，死而后已，这就是邹韬奋先生的精神，这就是他之所以感动人的地方。

　　　　　　　　　　　——毛泽东

目　录

中华魂 百部爱国故事丛书
ZHONGHUA HUN

艰难的求学之路

邹韬奋祖籍江西余江，祖父邹舒宇，号晓村，曾考中前清拔贡，先后做过福建永安、长乐知县，官至延平知府。

邹韬奋的弟弟曾在一篇文章里写道："我们的祖父由于苦读中了'功名'，做了官。他因为自己是穷苦出身，极力清廉自持，只以'书礼传家'四个字作为他的心愿，并且受了初期的民主主义思想的感染"。邹舒宇身为清政府的下级官员，目睹清王朝的腐败与软弱，对谭嗣同和梁启超等人关于维新运动的宣传，给予理解和赞同，在慈禧太后专横揽权的时候，官员个个言行谨慎入微。邹韬奋的祖父在一篇文章中却写道："天下者

邹韬奋

天下人之天下也，非一人之天下也"，他的思想从中一览无余。邹舒宇非常喜爱梅花并以梅自诩，保持了污尘不染，廉洁自立，勤于书法，乐于咏梅。他对子女要求严格，教育子女不依权势欺人，不许贪污受贿，要勤奋苦学，要自食其力。虽系封建家族，但家风清廉严明，影响了邹家两代人，晚辈以先辈为榜样，效法力行。

　　1895年11月5日，这个大家族又新添一男丁，这个男孩就是邹韬奋。他的原名为邹恩润，乳名荫书，邹韬奋是他在《生活周刊》时所用的笔名。他曾对好友说："韬是韬光养晦的韬，奋是奋斗的奋。一面要韬光养晦，一面要奋斗。"他之所以选用这个笔名，意在自勉延志，"这就是他改名的意义。"那时邹韬奋的父亲还在和祖父同住，过着"少爷"的生活；父亲有十来个弟兄，有好几个都结了婚，所以这大家族里有着很多的孩子。他的母亲在15岁时嫁给他的父亲，也做了这大家族里的一分子，家里终日热热闹闹。邹韬奋依稀记得在他儿时大约二三岁时，大概当时家人正高高兴兴过元宵节，他的母亲看见许多孩子玩灯热闹，便想起了正在睡觉的儿子，便蹑手蹑脚到邹韬奋的床前看了好几次，见他醒了，便背他出去一饱眼福。邹韬奋的母亲把他背在背上，跑到一个灯光灿烂人影憧憧的地方，走来走去"巡阅"着。这里除了有不少成人谈笑着外，还有二三十个孩童提着各式各样的纸灯，里面燃着蜡烛，三五成群地跑着玩。邹韬奋则伏在母亲的背上，半醒半睡似的微张着眼看这个，望那个，感受着热闹的气氛。但是这种衣食无忧的日子没过几年，当祖父官升知府，离开永安时，邹韬奋的父亲便携全家人到福州做候补官，五口之家完全依赖他父亲微薄的薪水过活。

学生时代的邹韬奋

1900年，邹韬奋的祖父年老告退，邹家家道逐渐走向没落，他虽然出生于"做官"人家，但并没有因此过上好日子。家中经常出现无米下锅的情况，每当这时妹仔（邹韬奋母亲从娘家带来的青年女仆）就会到附近施米给穷人的一个大庙里去领"仓米"，领"仓米"也要费许多周折，要先在人山人海的庙前拥挤着领到竹签，然后拿着竹签再从挤得水泄不通的人群中，带着粗布袋挤到里面去领米，拿回家来糊口。生活的拮据使这个家庭不得不精打细算地过日子，不敢乱花一文钱。为了节约家里的经济支出，在邹韬奋刚满6岁的时候，他的父亲决定亲自教他学习文化知识。启蒙的第一课是《三字经》，他的父亲教儿子认识"人之初，性本善；性相近，习相远"。之后，就让儿子自己背诵。因为邹韬奋岁数小，不能理解它的内涵，对此感到有点儿莫名其妙。他一个人坐在一个小客厅的炕床上"朗诵"了半天，虽不解其意，但仍懵懵懂懂地背下来，这种枯燥乏味的日子苦不堪言。过了一段时间，他的母亲觉得这样教法效果不是太好，便决定情愿节衣缩食，用省下的钱请一位"西席"老夫子。平日里由老夫子教，到年底的时候，邹韬奋的父亲便要和他"清算"平日的功课。岁月如梭，一晃几年过去了，邹韬奋读的书渐渐增多。10岁时，读的是《孟子见梁惠王》，有一天他的父亲检查邹韬奋的读书情况，在夜里亲自听邹韬奋背书，很严厉，桌上放着一根两指阔的竹板。邹韬奋背向着他的父亲站立背书，背不出的时候，他的父亲提一个字，就叫儿子回转身来把手掌展放在桌上，他拿起这根竹板很重地打下来。邹韬奋不由自主地哭了，但是还要忍住哭，回过身去再背。背着背着，又有一处中断，背不下去，经他父亲再提一字，就会再打一下。邹韬奋就这样呜呜咽咽地背着那位前世冤家的"见梁惠王"的"孟子"同时听得坐在旁边的母亲也唏嘘地哭着。虽然母亲心疼儿子，但为了儿子能上进，不时从呜咽着的断断续续的声音里勉强说着"打得好"。背完了半本《孟子见梁惠王》，右手掌被打得肿有半寸高，偷向灯光一照，通亮。母亲含泪把儿子抱上床，轻轻盖上被子，并在他的额头吻了几吻，然后离去。

在"牢狱"般的私塾环境中，这种封建的启蒙教育与熏陶，对邹韬奋早期的思想发展，虽有一定的消

邹韬奋墨迹

极影响，但也使他养成了认真刻苦的读书习惯，奠定了丰厚的文学基础。他读古书受到了较为系统的传统文化教育，对祖国的历史、民族的特征已有所了解，因而感情上也比较亲近，他还学到了许多为人处事的道理。他虽出身于官宦之家，却过着贫困生活，没有沾染任何"阔少"的恶习。难能可贵的是他虽苦读书却并未变成旧礼教的奴隶。由于从小耳濡目染祖父、父亲的品德，学得清正廉洁，自立自强。母亲的善良、宽厚、勤俭持家，关心他人和吃苦耐劳的风范，给他终生以深刻的影响。他是"推母爱以爱我民族和人群"的。

1909年春，父亲希望他"将来能做一个工程师"，认为唯有这样才能振兴中华。在父亲"实业救国"观念的推动和影响下，邹韬奋考取了福州工业学校。时年15岁。福州工业学校诞生于洋务运动中，是中国较早的新学堂之一。他精通英文之路正是从此起步的。从家塾中走出来，到"洋学堂"读书，不仅环境改变了，人也像被放飞的小鸟自由了，视野大为开阔，接触到许多新知识，这着实让邹韬奋十分兴奋，同时也暗下决心一定刻苦学习。邹韬奋肯动脑筋，不论学什么功课，凡弄不懂的或模糊不清的问题，寻根问底，弄不明白，决不罢休。他对自己要求严格，不允许有半点儿马虎。邹韬奋曾坦率地说:"我自己做事,没有别的什么特长,凡是担任了一件事,我总是要认真,要负责,否则宁愿不干。"

1912年秋,18岁的邹韬奋在福州工业学校肄业。他父亲从"实业救国"思想出发,送他进入上海南洋公学(上海交通大学的前身)下院(附小)读书,想把他培养成一名工程师。因为只有四年级有一缺额,所以他只好当插班生。

当时的南洋公学以工科见长,颇负盛名,是培养工程师的摇篮。该校大学、中学、小学齐全,并且由下院毕业可直接升中院(附中),中院毕业可直接升上院(大学),上院毕业成绩优异者可直接资送出洋,就学于各国大学。由于邹韬奋当时并不知道工程师的真正含义,在他看来工程师只不过是能造铁路,薪俸很

南洋公学校门

高，所以父亲叫他准备当工程师，他就听从父亲的话努力学习当一名工程师。但是他很快发现自己的"天性"实在不配"做工程师"。他对数学、物理等科目几乎没有兴趣，"每遇到上算术课，简直是好像上断头台"。但为了能够当"优行生"，每一学科他都拼命地学，无论平时的小考还是年终大考，他的成绩总是非常好。然而邹韬奋真正喜欢的课程是国文和历史。南洋公学虽然是工科学校，但当时的校长唐慰芝在注重培养学生工科的基础的同时也积极提倡研究国学，并形成了校风。邹韬奋在这个学校里如鱼得水，在上学期间进行了大量的阅读。如《古文辞类纂》《明儒学案》《经史百家杂钞》《王阳明全集》《曾文正集》《三名臣牍》等。由于是他喜欢读的书，因而对所读的书记忆深刻，用得活，以至于后来当他拿起笔写文章时，一些名句或典故可以信手拈来，好似涓涓流动的泉水，用之不竭。

沈永癯先生为邹韬奋走上写作之路铺下了第一块基石。邹韬奋升入中院（附属中学）之后，他非常喜欢听沈永癯先生的课，常常在夜间跑到沈永癯先生那里请教。1936年10月，邹韬奋在《永不能忘的先生》的文章中这样描述："他那样讲解得清晰有条理，课本以外所供给的参考材料丰富，都格外增加了我的研究兴趣。""他的认真和负责的态度，是我一生做事所最得力的模范。……他在举止言行上给我的现成的榜样，是我终身所不能忘的。"由此可以看出他们师生之间的感情是多么深厚。这位沈先生的书橱里有《新民丛报》。邹韬奋常常拿出阅读，读得津津有味，读着读着渐渐对梁启超的文章，产生了极大的兴趣。他回忆这段往事时说："我几本的借出来看，简直看入了迷。我始终觉得梁任公先生一生最有吸引力的文章要算是这个时代的

南洋公学宿舍

了。他的文章激昂慷慨，淋漓痛快，对于当前政治的深刻评判，对于当前实际问题的明锐建议，在他那支带着情感的笔端奔腾澎湃着，往往令人非终篇不能释卷。"甚至"夜里十点钟照章要熄灯睡觉，

上海交通大学（原南洋公学）

我偷点着洋蜡烛躲在帐里偷看，往往看到两三点钟才勉强吹熄烛光睡去。"尽管邹韬奋对《新民丛报》看得入迷，他认为梁启超一生最有吸引力的文章要算是这个时代了。但他知道文章里面所建议的事情和讨论的问题，已经不适合自己所处的时代。所以，他在一篇文章中回忆："在中学二年级的时候就无意再看了，可是增强了我要做一个新闻记者的动机，那影响却是很有永久性的"。

邹韬奋读书读到中学一年级的第二学期，家中发生了很大的变故——他的父亲暂时失业，同时因为他父亲筹办的一个大型纱厂倒闭而欠下了一身债。这使

本已困难的家庭经济雪上加霜，邹韬奋面临着失学的困境，怎么办？父亲肩上的担子已经够重了，决不能再给他加负担，可是父亲期望着儿子将来能当一名工程师是不会允许他中途辍学的，唯一的办法是在校争取获得"优行生"的免费待遇。而"优行生"不仅需平时功课要名列前茅，而且期末大考必须是全班考试的前三名，思来想去，邹韬奋决定争取当"优行生"。为此他比以前学习得更加勤奋，以至过度负荷，感到胸部压痛。邹韬奋的情况引起了学监的关注，很快将此事通知了他的父亲。父亲知道后，既心疼儿子，又为自己无能为力而内疚，于是缩减家中花销予以接济。身为长子的邹韬奋体恤家中困苦，为了不给家中增加

负担，他坚持争取"优行生"，最终获得了学校的免费
待遇。

　　但是只靠学校免交学费是远远不够的，为了能够
完成自己的学业，邹韬奋采取许多措施进行自我供给。
投稿生涯也是"开源"的办法之一。有一天他从学校
阅报室里看到《申报》的"自由谈"登着请领稿费的
启事，于是他也想试试看，写点东西去投稿。他抱着
很大的希望给《申报》投稿，投了几篇也没有被采用，
但他没有放弃，仍坚持投稿，终于有一天报上刊出了
他的文章，使他激动万分，并以此为开端继续大量投
稿。后来他又陆续发表了好几篇文章，除在《申报》
上发表文章之外，又在商务印书馆出版的《学生杂志》

上投稿，又陆续被
刊登。这不但使他
解决了经济上的燃
眉之急，而且在精
神上、学习上都获
得了很大的鼓励。
这种鼓励来自社
会，对他来说有这
比在学校里获得的
"优行生"具有更

上海圣约翰大学

强大的推动力。从此，邹韬奋在报刊上开辟了投稿的园地。邹韬奋的文章陆续发表后，引起了在校的老师和同学对他的重视，大家以羡慕的目光看着他，并向他学习，也踊跃向报纸杂志投稿，无形中促进了语文的写作。除了给报纸杂志投稿外，他还在暑假极力找机会当家庭教师。由于邹韬奋的人品深得同学们的信任，他的学习成绩又令同学们佩服，所以同学们也常常热心帮他介绍想补习的学生，这使得邹韬奋和同在南洋公学读书的二弟经常有当家庭教师的机会。邹韬奋的这种拼搏精神，不仅为自己解决了经济上的困难，而且写作也得到锻炼和提高，同时在苦学中又找到了一条开源之路。

上海华东政法大学体育馆（原上海圣约翰大学）。

邹韬奋在国文方面取得较快进步之时，他在英文方面也是突飞猛进。这既得益于自身的刻苦努力，也得益于南洋公学注重提高学生素质和对学生能力的培养的教学方法。在英文方面，他不能忘却在南洋公学中院的黄添福和徐

守良两位老师。对英
文恩师也充满着感激
之情和深深的敬意，
他在《经历》中这样
写道："黄先生使我们
听得懂听得快，看得
懂看得快，偏重在意
义方面的收获；徐先
生使我们注意成语的
运用，对于阅读的能

力当然也有很大的裨益，尤其偏重在写作能力的收
获。"扎实的英文基础不仅使他当家庭教师得心应手，
也为日后在圣约翰大学顺利完成学业奠定良好的基
础。

　　邹韬奋有一位同级同学，他考入圣约翰大学的医
科后，偶尔也会来这里看他，同邹韬奋谈些圣约翰大
学的情况。邹韬奋这才知道圣约翰的文科课程更适合
自己的需要，他决定报考圣约翰大学。但圣约翰大学
是一所有名的贵族学校，不仅没有"优行生"免除学
费的待遇，而且所收学费相当高，这让经济上朝不保
夕的邹韬奋不寒而栗。也许是天意，正当他被上圣约
翰大学的学费折磨得不知所措的时候，同级的一位名

1917年，上海圣约翰大学，军训阅兵式

叫葛英的同学为他提供了一个当家庭教师的机会。但是为这个家庭的孩子当家教的时间长，不得不中断在南洋的正常学习，考虑了一会，邹韬奋决定抓住这个机会。于是1912年月2月，他没有像往年一样到南洋公学报到上课，而是跟着"拖着一根辫子"的葛老东家去宜兴县蜀山镇当家庭教师去了。

1919年9月，邹韬奋如愿以偿地考入圣约翰大学文科三年级，主修西洋文学，副修教育。邹韬奋在这里学习如鱼得水，觉得"在南洋时功课上所感到的烦闷，一扫而光，这是最痛快的一件事"。在这里他开始了对自己的理想——"做新闻记者"的追求。他一面勤奋学习，一面因要自己筹款交学费而不得不勤工俭学。

为了筹够昂贵的学费，顺利完成学业，除"开源"外，"节流"也是邹韬奋采取的自己供自己完成学业的办法之一。从徐家汇到上海闹市区有一二十里的路程，邹韬奋出校办事，往往连乘电车的钱都舍不得花，完全靠自己的两条腿走路。别的同学一到星期日有着丰富的娱乐方式，而邹韬奋因为没有钱不能和同学们一起参与这些活动，只能寂寞孤独地躲在学校里。

邹韬奋在圣约翰大学虽然只读了两年，但获益良多。除了学业上的收益，生活上的磨砺也使得他具有不畏惧艰难困苦的特质。

邹韬奋（后排左二）在圣约翰大学毕业时留影

上海华东政法大学校园中邹韬奋塑像

爱国志士　民主先锋

——新闻出版家邹韬奋的故事

曲 线 就 业

　　厚生纱厂是民族资本家穆藕初开办的，毕云程当时是上海纱业公所书记和纱厂主任。从毕云程那里听说穆老板热心教育事业，曾资助北京大学5名学生出国留学，这件事增加了邹韬奋对穆藕初的好感和敬意。因此毕云程和他一提起让他去厚生纱厂工作的事，他就答应了。9月，邹韬奋到穆藕初所办的厚生纱厂工作，月薪120元。在那个年代每月120元的工资对一个刚参加工作的人来说是相当可观的，在他父亲的眼里儿子找到了一份比较理想的工作，养家糊口不成问题。但这并不是邹韬奋所希冀的，他向往的是进入新闻界工作，到厚生纱厂工作只不过是"走曲线"就业，邹韬奋到厚生纱厂工作没有几天，穆藕初又创办上海纱布交易所，自任理事长，同时也把邹韬奋调到纱布交易所担任英文秘书，承办英文信件和翻译有关纱布

民族资本家穆藕初

交易的英文电讯。这项工作，每天面对毫无生气的文字，既机械又枯燥，一般年轻人是不愿意干的，但是邹韬奋接手后每天都认认真真地翻译文字、核对相关的数目，从不马虎。因为他知道一旦出错，就会给工厂带来不可估量的损失，这是他最不愿意看到的。责任心使他对工作一丝不苟，也使他的声誉大增。由于这项工作对邹韬奋来说是大材小用，所以他空闲的时候比较多。出于对邹韬奋家中的生活情况的了解和对他的信任，在交易所工作期间，熟人还给他介绍到其他三个地方兼职：一是在《申报》帮忙兼办了三个星期的英文信件；二是到上海青年会向学生们兼授英文课；三是还曾在沪江大学兼任一段时期的教师。他也都不负众望，把这几项工作都干得有声有色。

邹韬奋

或许是天意，机会终于出现了，经黄任之（炎培）介绍，他到中华职业教育社工作。这是由黄任之主办的对职业青年进行修养指导的民众教育团体。邹韬奋被聘请担任编辑股主任。由于中华职业教育社的经济实力不是很强，而邹韬奋还需要继续付还所欠的债务。所以黄任之对邹韬奋说，在中华社工作半日，月薪60元，另外半日还可在江苏省教育会科学名词审查会，编审各科名词，仍可略得补助。好在两个办公地点，都在江苏

邹韬奋诗稿

教育会所里面，用不着来回奔波。邹韬奋对此非常感激，他把这种感激化为工作的动力，在工作中他不是生搬硬套别人现成的经验，而是根据自己的切身体会，总结自己的经验，摸索新的方法。他一丝不苟的工作态度也是出了名的。在他做教师的那段时间，曾经发生过这么一件事，我们可从中看出他认真负责的工作态度。

有个读商科的三年级学生，平时考试所得分数特别低，按照学校的惯例，英文60分才算及格，这个学生总结算起来不过10分，而大考的成绩不过5分。这样的分数距学校所制定的标准，这个学生相差得太远

了，根本没有办法通融。如果让这个学生升级将会给学校的声誉带来不可估量的损害，对其他学生也不公平，因而邹韬奋认为这样的学生不能升级。为了再给这个学生一次机会，他让这个学生再补考一次，但是这个学生的成绩仍然不到10分，如此糟糕的成绩让邹韬奋决定不能迁就，坚持该生仍不能升级的主张。按正常规律这件事到此结束，另翻一页。但是这个学生的父亲偏偏不肯罢休，依仗自己是某教育会的干事，同这个学校的董事们都有着密切的关系，认为他的孩子是可以升级的。可是邹韬奋只看成绩合不合格，不看这个学生的背景如何，这在学校引起轩然大波。这个自认为有权有势的父亲，跑到校长那里为之交涉。其理由是说英文教师对他儿子有成见。邹韬奋知道后，把平日的考试记录交给校长看，校长没有话说。邹韬奋向校长严正声明，如果这样的学生可以升级，他要立刻提出辞职，请校长另请高明。校长被那个干事纠缠的没办法，为了脱身只好把他推向邹韬奋，让干事直接去找邹韬奋，

邹韬奋与夫人沈粹缜

可是那个干事却不敢找邹
韬奋交涉，跑到两个校董
那里胡闹，结果碰壁而
返。这件事，经过邹韬奋
的一再斗争，坚持顶回无
理要求，所幸校长也没有
屈服压力，这样既保护了
严格的校风，又使邪恶势
力没有得逞。这次的切身

经历，使邹韬奋久久不能忘却。

在中华职业教育社期间，邹韬奋参与了中华职教
社的"职业指导"运动，这样一来才改变了他在编辑
室里一直同书本打交道脱离现实的状况，使他直接与
社会零距离接触，直接同职业教育的对象——学生打
交道。他们的具体做法是，接洽各个中学举办职业
指导运动周，在这一周里让学生填写中华职教社准
备的"职业指导表"，请一些专家按日讲演，然后再
由他们同学生个别谈话，同时，邹韬奋和杨卫玉还
跑到其他几个城市举办这种活动。从上海开始，后
去宁波、南京、武汉、济南等地考察，并和学生交
谈。从考察和交谈中，使邹韬奋了解到当时中国政
治的腐败和社会的黑暗。了解得越多，越使他深刻

地感到，若不改变现状，对青年仅仅做些职业方面的指导和呐喊，其效用简直是微乎其微，解决不了什么问题。因而使他产生了想跳出职业指导这方面工作，另辟蹊径的想法。他认为：职业指导和教育指导是分不开的，在中国的现状下，进小学需要根据考试成绩择优录取学生；中学以上的学校，也不是想上哪所就上哪所学校，即使有你所要进的学校，也是常出现好的学校不易考，差些的学校人们又不想去读；此外，由于家中有学生读书而产生的经济问题也不是指导所能解决的。职业指导和现实社会的职业状况，它们之间的关系更是密不可分。当时中国的职业界谁都看得出是一团糟，有许多用人单位并不根据人所具备的真正的才能，而是看他背后的背景如何，或是根本就不需要通过董事会而直接安排私人的亲属；还有许多单位出于对经济方面考量，虽想用人而不敢用；结果除少数毕业生能如愿以偿，

多数毕业生往往不免所用非所学，甚至出了学校便立即加入失业的队伍里去。

对青年学生，仅仅进行职业指导，究竟会有什么实际效果呢？眼前的现状，让邹韬奋从思想上开始怀疑

时任《生活》周刊主编的邹韬奋

了，他深有感触地说："使我从这里面感到惭愧，感到苦闷，感到我的思想应该由原来的'牛角尖'里面转出来！换句话说，这现实的教训使我的思想不得不转变！"追本溯源，他认识到社会问题若得不到解决，职业指导的效应就难以达到"完美的境域"。他在思考和寻找唤起政府和民众如何解决社会所存的问题。尽管他对他担当的职务仍然是恪尽职守，但他从"牛角尖"里转出来，把他的工作兴趣逐渐转向了与群众、与现实较为接近的《生活周刊》上面了。

崭露头角

　　《生活周刊》于 1925 年 10 月 11 日创刊，由黄炎培主持并题字，推举由留学美国后回来的王志莘担任主编。一年后，王志莘辞职去当银行家了。1926年 10 月，在中华职业教育社的一次会议上，由理事长黄炎培提名，副理事长杨卫玉和原主编王志莘一致同意由邹韬奋接任《生活周刊》的主编工作。邹韬奋到《生活周刊》时的态度很勉强，主要的时间和精力没有放在这方面，但他是一个做事一丝不苟的人，凭着"服务上的彻底精神"，"确也不忍薄待它"。

邹韬奋主编的《生活》周刊

　　邹韬奋不是坐享其成者，《生活周刊》的发展经历是一个艰苦创业的历程。它最初设在上海辣斐德路（现为复兴路 444 号）。只有一间过街楼的地方，仅放得下三张办公桌，这里既是编辑

025

邹韬奋主编的《生活星期刊》

部，也是发行部兼广告部，还是会议厅。他们白手起家，邹韬奋的主要职责是编辑和撰述，每月拿 60 元钱，徐伯昕主管营业、总务和广告，每月工资 20 多元钱，孙梦旦兼会计，每月只拿几元钱，他们戏称自己是"两个半人"。邹韬奋明定宗旨，变换刊物内容，注重刊物的知识性和趣味性。不管是名人还是后辈，只要文字精彩，他都竭诚欢迎。他"只知道周刊的内容应该怎样有精彩，不知道什么叫作情面，不知道什么叫作恩怨，不知道其他一切"。

　　作为《生活周刊》的主编，邹韬奋对办刊物极为认真。"不愿有一字或一句为我所不懂的，或为我所觉得不称心的，就随便付排。校样也完全由我一人看，看校样时的聚精会神，就和在写作的时候一样，因为我的目的要使它没有一个错字；一个错字都没有，在实际上也许做不到时，但是我总是要以此为鹄的，至少能使它的错字极少。"如此认真的办刊态度，足以成为后人行为的榜样。

通过一系列的革新，及对读者委托的事情一概义务地去办的优质服务态度，《生活周刊》以崭新的面貌出现在人们的视野中，并逐渐受到读者的欢迎。很快《生活周刊》的发行数量由邹韬奋接编前的2800份在1928年底增至4万份。1929年12月由单张改成16开本后，增至8万份。1930年达到12万份，1932年突破15万，成为当时杂志发行量的最高纪录。

密切联系读者，竭诚为读者服务，《生活周刊》逐渐从职业指导的"牛角尖"里转出来，日益为社会各界所认知、所欢迎。邹韬奋越干越"干得兴会淋漓"，越干越使他"全部身心陶醉在里面"。以至于在1928年初，他自动辞去时事新报馆的职务，全力以赴地办《生活周刊》。以犀利之笔，力主正义舆论，抨击黑暗势力。

作为新闻记者的邹韬奋，对于封建礼教，深恶痛绝。在《生活周刊》上，发表了长篇连载的译述《一位美国人嫁与一位中国人的自述》，他在"译余闲谈"中，猛烈抨击了"中国封建大家族主义"，他认为这个"封建大家族主义"，"实在可说是'罪恶贯盈'，非弄它到'呜呼哀哉尚飨'不可"。他主张青年们应"超越顽固的习俗而另求其光明的途径"。1927年2月6日，《生

活周刊》上发表为长
工呼吁的《说不完的
苦啊》，邹韬奋同情
长工的苦衷，并为之
大声疾呼，要求改
革。他认为"丹麦国
农民之富，世界各国
无其比拟"。为此，
他特意写了一篇《丹
麦改良农村之基本方
法》，在中华职教社

《生活星期刊》

出版的《教育与职业》（第82期）上发表。

　　从邹韬奋钦佩的人物中，会更加明显地看出他的
倾向性。邹韬奋在1927年的后半年，《生活周刊》刊
登了有关胡适的文章多达6篇，既有胡适的言论，也
有对胡适的推荐。1927年6月26日《生活周刊》第2
卷第34期和第35期，连登了《胡适之先生最近回国后
的言论》。

　　邹韬奋对伟大的民主革命先行者孙中山非常崇
敬，并从"三民主义"里找到改善民众生活的理论指
南。1927年4月17日至7月17日，邹韬奋以"灵觉"
为笔名，介绍孙中山的"三民主义"学说共14篇。

以"因公"的笔名分13篇介绍孙中山的生平事迹，盛赞孙中山胸怀宽广、不计嫌怨的宽恕精神，不怕失败、愈挫愈勇的革命精神和手不释卷、终身求学的坚毅精神。选登了许多孙中山不同时期、不同装束、不同姿势的照片，以"编者"的名义，分别注明说明文字。

邹韬奋接受并信服孙中山的"平均地权""节制资本""发达国家资本，发展国家实业"等最为重要的"民生"主张。他把"民生主义"看成消除社会不平，化解社会矛盾，维护社会稳定的不二法门，因而他在介绍和宣传"民生主义"学说的同时，注重结合社会生活的实际，切实加以研究，指出问题症结之所在，并提出相应的解决办法，从而成长为一个忧国忧民的民主主义者。

邹韬奋有强烈的社会责任感，敢于讲真话，对社会丑恶现象揭露得入木三分，且刚直不阿，不畏权贵。他揭露时任国民党政府交通部部长王伯群挪用公款40余万元修建私房的事，就是典型一例。

1931年应读者的要求，邹韬奋亲自出马调查王伯群挪用公款修建私房的事，并拍了许多照片，准备在《生活周刊》上发表。王伯群听到风声后，忙派人携带10万元巨款来贿赂邹韬奋，被邹韬奋严词

拒绝，并于8月15日在《生活周刊》上发表了读者来信和调查报告，并怒斥王伯群是"做贼心虚而自己丧尽人格者"，"以为只需出几个臭钱，便可无人不入其彀中，以为天下都是要钱不要脸的没有骨气的人"。

对于帝国主义的侵略，他是深恶痛绝，坚决反对的。1928年在山东济南，日本侵略军一手制造了"五三"惨案，有关惨案的文章和"时刻勿忘暴日强占济南的奇耻"等口号在《生活周刊》上连续刊登了两个半月，无论在"一周鸟瞰"专栏中，还是在"小言论"专栏中，经常发出控诉和声讨日本侵略者惨无人道地屠杀我军民的言论，并动员广大民众要团结一致，抵抗日本帝国主义的侵略。

抗 敌 御 辱

九一八事变后，邹韬奋坚决反对国民党政府的不抵抗政策，他主编的《生活周刊》以反内战和团结为根本目标，成为国内媒体抗日救国的一面旗帜。

邹韬奋主张反抗日本侵略者，至死不移，决不容任何退让，决不存任何幻想。他极其敏感地揭露"不抵抗政策"，并尖锐地批判了"不抵抗主义"，及时地反对了"日本人要什么给什么"的卖国论调。邹韬奋在10月17日《宁死不屈的抗日运动》中写道："人人有求生存的权利，国家民族亦有求生存的权利"，"我们对于暴日危害我国家民族生命的暴行，必须反抗，必须拼死反抗，实为我们人人做人类中一员所应有的权利，所必须死命的权利。""我们全国公民应下最后决心，即白刃加颈，头可断而仇货不买"。他主张同日本经济绝交，抵制日货，宁死不屈地准备应战。所以，

他对"不抵抗主义者",痛恨不已,认为他们是无耻之辈!

1931年11月26日,京沪各校学生万余人赴南京,为国家危亡,悲愤请愿,国民党当局不但不支持学生的爱国行为,反而阻挠和非难这些学生,

老天爷也似乎要考验学生们的意志,在雪雨交加的天气里,衣服单薄而又饥肠辘辘的学生却终夜不动,有的体力不支倒地,但至死不肯离开,全体学生团结一心,为国家的存亡抗争。其悲壮哀痛牺牲的精神,感人至深。邹韬奋给予"对此万余纯洁忠诚大公无私的男女青年,必不能自禁其肃然起敬,油然兴其无限的悲感和同情。"

12月17日,3万多学生继续向南京请愿出兵抗日,蒋介石不但不听爱国学生的呐喊,反而下令他的宪兵特务向学生开枪。造成"珍珠桥大血案"。由于蒋介石的不抵抗政策,日本侵略者在占领辽宁、吉林之后,

又将侵略的铁蹄踏入黑龙江之际，黑龙江东北军马占山将军通电："大难当前，国将不国，惟有淬砺所部，誓死力抗，一切牺牲，在所不惜。"这一震撼人心的通电，令中华儿女为之欢呼。马占山宣布他的宗旨："一口气尚在，决不将国土拱手让人，军队完了，到黑东荒练民团再干！"几句话显示了中国壮士的本色，也表达了中国人的志气。因而，《生活周刊》，介绍了马占山的经历，刊登了他的照片。

同时，《生活周刊》为援助黑龙江卫国勇士们发表紧急筹款启事：

"马占山将军率其卫国健儿，奋勇抗敌，为民族死争一线生机，全国感泣，人心震奋，惟孤军远悬，有饷尽援绝之虞，调军奔援，责为非作歹在政府，竭诚助饷，义在国民，本社特发起筹款援助，敬先尽其愚诚，绵力捐助百元，并已承下列各机关及同志热诚赞助，共凑集银四万四千六百六十六元四角四分，由

邹韬奋主编的文字期刊

爱国志士 民主先锋
——新闻出版家邹韬奋的故事

中国、交通两家银行义务电汇，妥交马将军亲收，尚希同胞慷慨捐输，共救国难，倘蒙赐交敝社，汇集电汇，并当在敝刊公布，以资提倡而唤起垂死之民族精神。"

　　除了号召民众捐款外，《生活周刊》还给马占山将军发电文："奋勇抗敌，义薄云霄，全国感泣，人心振奋"，"敝社特发起筹款，略助军需"。鼓舞其斗志，"并将所有捐款者和汇出数目，刊于报刊"。与此同时，为了扩大影响和尽快筹到钱，他们把这一紧急启事同时刊登在《申报》和《时事新报》上。举国上下为之沸腾，老百姓积极响应这一号召，不到一个月，就收到"十二万九千八百多元"。邹韬奋后来回忆道："门口挤满了男女老幼的热心读者，数十成群，继续不断，争伸着手把钞票，洋钱，角子，乃至铜板，纷纷交入，读报的孩子与卖菜的乡下老伯伯，都挤在里面慷慨捐输。""我们仅仅十几个人的全体同事全体动员，收钱的收钱，记录的记录，打算盘的打算盘。大家忙得喘不过气来，十多架算盘滴滴答答算到深夜二三点钟，把姓名和数目赶着送到日报登广告。"

"其中有一位'粤东女子'特捐所得遗产二万五千元，亲交我收转。这样爱国的热忱和信任我们的深挚，使我们得到很深的感动。"

为抗日捐款是震动全国人民爱国行动的大事，捐助者纷纷寄款寄信，一面歌颂抗日英雄，一面责问不抵抗主义者，自然地形成了抗日捐款运动。邹韬奋领导的《生活周刊》，不仅是激烈抗日舆论的宣传者，而且是爱国运动的组织者。九一八不仅是邹韬奋前进中的转折点，也是《生活周刊》发展的一个新的阶段。

然而，树欲静而风不止。日本侵略者在占领东北

之后，继而把他们的魔爪伸向上海，制造了 1932 年的一·二八事变，企图直接威逼华东和长江流域。驻守上海的十九路军，以蒋光鼐为总指挥、蔡廷锴为副总指挥兼军长，拍案而

起，率部奋起反击，开始了著名的淞沪会战。宋庆龄、何香凝带着大批急救物资亲赴前线，向英勇的将士们进行亲切慰问，各界纷纷起而响应。各种各样的抗日救国会、抗日义勇军、运输队救护队和服务队，

踊跃建立，积极支援。随着军事要求，宋庆龄、何香凝还设立了若干伤兵医院。邹韬奋深深感到自己主编的周刊，已不能适应现实的要求，于是于1月30日又加编《紧急临时周刊》。在这里邹韬奋以《痛告全市同胞》为题，发表了他的主张。他写道："日人此次为有计划之毁灭我国家民族，已暴露无遗。国果亡、族果灭，则国人的福利，家族之安宁，何所希冀？"接着他又向上海市同胞提出四点要求：（一）忠勇军士为民族人格及生存在前方牺牲生命，我们应有财者输财，有力者努力，慰问我前方义军。（二）我国抵抗能多坚持一日，在国际上的信誉及同情即随之而有若干之增进。我们国民应全体动员，作义军后盾，商界表示罢市，

各界均应速有秘密之有力组织，各尽能力所及分途并进。（三）我们要想救国保族，必须下决心不怕牺牲，虽死无憾，若再麻木不仁，隔岸观火，则自降于劣等民族，灭亡乃是应得之结果了！（四）时势虽报危机，我们只有向前奋斗，至死不懈，不必恐慌，亦无所用其悲观；我们应利用这种空前的患难，唤醒我们垂死的民族灵魂，携手迈进，前仆后继，拯救我们的国族，复兴我们的国族。"由形势所迫，日本公然说，上海乃地方问题，与东北无关，与整个中国无关云云。邹韬奋为揭穿这个谎言，写了《沪案与整个国难问题》，他个人的工作量和所编出的刊物数量在成倍地增加。与此同时，他还积极投身对伤员的救治，有一次邹韬奋亲自护送7名伤兵到上海同仁医院时，看到医院床位

淞沪抗战

爱国志士　民主先锋
——新闻出版家邹韬奋的故事

过少，有些伤兵住在过
道，不免心中难过，了
解到伤员多，医护工作
跟不上，不能及时减少
伤兵的痛苦。他深切感
到这是亟须解决的问
题。于是他下决心筹办
伤兵医院，因王以敬具
有圣约翰大学毕业后赴

抗战漫画

美国留学4年，获圣约翰大学医科博士学位的经历，
德艺双馨。就当即同医生王以敬商定，由王以敬担任
院长，邹韬奋在王以敬的协助下，加紧了筹办伤兵医
院的工作。为救治浴血抗日的伤病员，邹韬奋和王以
敬忘我地奔波，几经周折之后终于在沪西梵王渡青年
会中学找到了地方。这个学校的校长瞿同庆清出校内
两幢洋房，作为伤兵医院用房。这两幢洋房不仅建筑
讲究，高大宽敞，而且院落清洁幽美宜人，让两人十
分满意。3月4日，"生活伤兵医院"正式开张。这令
十九路军的将士们兴奋和备受鼓舞，蔡廷锴将军于医
院开张之日特致电祝贺：

"为救国保种而抵抗，虽牺牲至一人一弹，决不退
缩，此心此志，质天日而昭世界，炎黄祖宗在天之灵，

以此祝贺伤兵医院开院典礼！"

邹韬奋接到这个贺电，不禁热血沸腾，激情地回答："十九路军将领以尽天职，是给我伤兵医院开院最珍贵的贺礼！"这一天邹韬奋同院长身着白衣白帽一起到各处查看和慰问了医院各个机构的工作人员和各个病房，亲切地向每个伤病员慰问并与其交谈，还将载有邹韬奋编写的《上海血战抗日记》的《生活》临时特刊，分赠给伤员。这份特刊是反映日寇进攻上海的综合性军事报道，也是十九路军誓死抵抗的血战记录，以此激励伤员的斗志，增加抗日的信心。

在"生活伤兵医院"开张的第二天，邹韬奋发表了《创办<生活日报>之建议》，本报特色为大多数民众谋福利，不以赢利为目的。为了使读者更清楚它们的区别，邹韬奋曾专门写过两篇短文：《<生活日报>与<生活>周刊》《再谈<生活日报>与<生活>周刊》。

为什么要办《生活日报》呢？

原来1932年初，上海的抗日救亡运动正在

生活书店重庆分店

邹韬奋

高涨，邹韬奋常常感到《生活周刊》的出版间隔太长，不能及时反映对重大时事问题的意见，很想办一份日报。与戈公振、杜重远、李公朴等人一提及，结果都赞同，于是几个人携手积极准备办一份报纸，其核心是邹韬奋。他们筹备工作的进展情况和研究的意见，屡屡公布于《生活周刊》。《生活日报》的筹备，是邹韬奋和几位朋友共同奔波的大事，经过10个多月的努力和奋斗，正在准备出版问世的时候，没想到来自社会上的种种压力相继而来，致使邹韬奋不能不苦痛地宣布，《生活日报》停办，没有开台的锣鼓只好就此结束。

《生活日报》没办成，《生活周刊》成为反蒋抗日宣传的主要阵地，《生活周刊》方向的转变，引起了蒋介石的注意和不满。他向黄炎培施加压力，企图扭转《生活周刊》的方向。经过大家商讨，为不使黄炎培为难，《生活周刊》决定与中华职业教育社割断从属关系，成为一个独立的刊物。

考虑《生活周刊》随时都有被国民党封闭的可能。胡愈之又建议邹韬奋创办生活书店，有了生活书店就可以出版书籍和其他刊物，可以扩大宣传阵地，有了书店，刊物即使被封，阵地仍然存在，可以换个名称继续出版刊物。于是，邹韬奋于1932年7月正式办起了生活书店。就摆脱当时的困境说，真是"山重水复疑无路，柳暗花明又一村"。而对邹韬奋所从事的新闻出版事业是个重大的转机和具有战略意义的扩展。胡愈之本人并没有参加合作社，也不是社员。他协助邹韬奋，起草了生活书店的章程，做了许多具体筹划工作，为生活书店做了很大贡献。

人们不禁要问：胡愈之是何许人士？

胡愈之，系浙江上虞人，生于1896年，比邹韬奋小1岁。他是邹韬奋志同道合的挚友，也是邹韬奋所热爱的新闻出版事业的亲密合作者。邹韬奋思想的转

胡愈之之故居

变及事业的发展，关键时刻，都得到了胡愈之的积极支持和亲密合作。

胡愈之书影

1911年，胡愈之在绍兴府中学堂读书时，同鲁迅结下了师生之谊。在鲁迅的教育和影响下，胡愈之对中国社会的认识，有了很大的提高，从而使他的思想得到了开拓和发展。1914年，胡愈之18岁开始步入社会，到商务印书馆编译所当练习生。后来他做《东方杂志》的编辑工作，由于业务上的方便，他结识了沈雁冰、郑振铎、叶圣陶等许多文化界的著名人士，他在1919年的五四运动和1925年的五卅运动中，不仅是一名积极的参与者，而且还是一名组织者。他写的《莫斯科印象记》引起人们的关注。

邹韬奋在读《莫斯科印象记》一书时，并不认识胡愈之，觉得文章写得好，深受读者欢迎，出自内心钦佩，就在《生活周刊》上发表了读后感，向读者推荐，之后邹韬奋想专访胡愈之，而好友毕云程恰好是胡愈之的老相识，1931年10月，在毕云程的陪同下邹韬奋到商务印书馆编译所访问了胡愈之。

邹韬奋访问胡愈之是为了请他给《生活周刊》写稿，当时胡愈之对邹韬奋说，现在办刊物，首先应当宣传抗日，"你要我写文章，我就写抗日的文章"。邹韬奋同意了胡愈之的意见。这样胡愈之就写了一篇《一年来的国际》的文章，在这篇文章最后指出："假如我们的推断不错，1931年日本对我国东三省的强暴侵略行为，亦将成为第二次世界大战的序幕。"邹韬奋一字未改地发表了。此后形势的发展，证明这话成了科学的预言，也给邹韬奋留下极其深刻的印象。

他们自结识以后，邹韬奋感到增强了力量，他说：

胡愈之先生为《新华月报》创刊号撰写的"代发刊词"。

——爱国志士 民主先锋

新闻出版家邹韬奋的故事

"我想竭尽我的心力，随全国同胞共赴国难，一面尽量用我的笔杆，为国难尽一部分宣传和研究责任，一面也尽量运用我的微力，参加救国运动。"胡愈之也经常给《生活周刊》以"伏生""景观"笔名写有关国内外形势的文章，从而逐渐改变了《生活周刊》的原定方针，成为密切关心时事政治的进步刊物，受到广大读者的热烈欢迎，使刊物发行达到20万份。邹韬奋以聚餐会形式，每期都约几位好友，座谈研究《生活周刊》所宣传的中心内容，每次必请胡愈之参加。胡愈之对邹韬奋及其事业的进展起着催化剂的作用。胡愈之不管在入党之前还是入党之后，也不管他的组织关系怎样变化，但与邹韬奋联系一直是非常紧密的，对他的帮助是不间断的，他们之间的友谊是不断递增的，也可以说这实际上体现了党对知识分子的关怀和领导作用。

在胡愈之的帮助下，1932年7月，生活书店正式营业。在这以后，胡愈之也参加了生活书店的许多店务活动和编辑事务。1933年胡愈之还协助邹韬奋进一步把生活书店改组成为出版合作社，规定了经营集体化、管理民主化、盈利归全体的原则，使生活书店的组织形式更适合于革命文化出版事业的需要，它不是私人牟利企业，而是集体经营的文化阵地。

生活书店建立后，在广大群众的热情支持下，迅速得到了发展。但它的职工却仍然很少，共有20余人。邹韬奋负责编辑部，唯一的助手是艾寒松。徐伯昕负责经理部。胡愈之仍然是全店的主要"参谋"。正是在这样领导下，生活书店逐渐变成了进步文化事业的一个中心，成为广大读者关注的一个焦点。

在国民党统治区里，在白色恐怖的环境中，生活书店的创立和发展，是我国现代出版史上的创举。它和相继成立的读书生活出版社、新知书店一起，都成为著名的进步书店，并自觉地将自己置于中国共产党的领导之下，谱写了光辉的篇章。

赤心谋救国

由于国民党奉行的"不抵抗政策"，致使日本帝国主义的铁蹄逐步深入华北腹地。1935年5月，发生了"新生事件"，国民党政府封闭了《新生》杂志，并逮捕了主编杜重远。"新生事件"是国民党和日本政府相互勾结的产物。它是如何发生的呢？

原来，日本政府在蒋介石加紧"安内"而对日妥协投降的关键时刻，提出了"广田三原则"，也就是实际上要蒋投降，与日本联盟，共同反对共产党、反对苏联。在这样的背景下，1935年5月4日，杜重远主编的《新生》周刊，发表了一篇《闲话皇帝》的短文，作者易水（艾寒松的笔名），文章大意是说：按照日本宪法，皇帝为世袭制，并无实权，只有接见外宾、阅兵和举行重大典礼的时候，用得着天皇，而日本天皇

《新生》杂志主编杜重远

所学专业是生物，只对研究生物感兴趣，日常工作不过搜集动植物标本，对政治和国家大事并不太感兴趣等。人们并没有注意这一内容，但在上海出版的日文报纸却大肆喧嚷，接着日本政府借机挑起事端，以"侮辱天皇，妨碍邦交"为由，向中国政府提出抗议，要求向日谢罪；还要求查禁《新生》周刊，审判作者。

事实是这期《新生》周刊包括《闲话皇帝》原稿，都按照国民党审查机关审查规定送审，由"中央图书杂志审查委员会"委员数人审查通过，并在该刊印有"中宣会图书杂志审查委员会审查证字第1536号"字样。经杜重远、胡愈之、毕云程等人商定，这份由审查委员会盖章的清样，放在银行保险库里不予交出。至今还在上海邹韬奋展览馆里存放着。

然而，南京政府为满足日本人提出的要求，委派"党国要人"立即到上海，再三向杜重远哀求，要他体谅政府难处，请他在法庭上声明《闲话皇帝》没有送审批准，这样政府就可推卸责任。国民党方

杜重远

面还信誓旦旦地承诺，如果杜重远把责任承担起来，可避免日本借口向国民党政府讹诈，以引起外交上的纷争，对国家不利，如杜应允了，法庭按法律只判决罚款了事，款项不由杜重远出，而由国民党承担，只为应付日本人等。再三保证决不会伤害杜重远。连续二三天国民党要员都为此事做说服工作。面对这种情况，"经大家反复讨论，最后考虑了为了共同对付日寇，只好接受他们的条件"。

上海地方法院对此案进行了公开审判。两次开庭，法庭上旁听席挤满了人，其中有中国记者，也有日本报社记者，法庭门外还挤满了高喊抗日救亡口号的群众。一时间，由《闲话皇帝》而审判杜重远的案件，就成了轰动上海，进而轰动全国的重大"文字狱"案件。

第一次开审以后，日本记者从法官口中，听出了最后要罚款了案，日本认为判得太轻了，又向国民党提出抗议，要加重杜重远的罪。于是国民党又对杜施加压力，要改判徒刑。因杜当庭承认了该稿没有送审、是非法登载的，因此也只好接受法庭的最后判决，被判处有期徒刑一年零两个月。更可恨的是《新生》周刊也被取消登记，禁止了出版。

一次假审判，变成了真冤狱。杜重远被关进曹河泾监狱。艾寒松为避风而出国。这就是历史上著名的"新生事件"。

新生 第一卷 第三期

但值得一提的是，牢狱是限制人身自由的地方，杜重远却把监牢变成了他的抗日反蒋的爱国阵地。

邹韬奋对此判决深表不满，毅然决定回国。1935年8月27日，邹韬奋自美国回

到了上海，他乘坐的轮船一到码头，一切都顾不得询问，"第一件事即将行李交与家人之外，火速乘一辆汽车奔往杜先生狱中去见他。刚踏进他的门栏，已不胜其悲感，两行热泪往下直滚，话在喉里都不大说得出来！我受他这样的感动，倒不仅是由于我们的友谊的笃厚，却是由于他的为公众牺牲的精神。"

杜重远为何有如此的超人能力呢？

杜重远是辽宁开原人，生于1898年，曾留学日本，回国后，在沈阳开办肇新瓷业公司，员工1000余人，资金60余万，是位有正义感和才干的民族资本家。曾任辽宁商务总会会长，做过张学良的秘书，与张学良的关系非常密切，和东北军的上层人物嫡系来往颇多，也与高崇民、阎宝航、陈先舟、车向忱等颇有影响的东北人士交往密切。

九一八之后，杜重远在上海参加抗日救亡运动，发起东北民众抗日救国会，任常务理事。因日军侵占了他的家乡，使他失去了自己创办的企业，被迫来到上海，他在上海郊区一面办了一个以养猪为主的农场，一面给《生活》周刊撰稿，后来参加生活书店的文化工作。由于杜重远深得张学良的信任，他与国民党上层某些人的关系不错。如同宋子文、冯玉祥等也有往来，包括上海淞沪警备司令蔡劲军也是他的旧友，他因积极支持马占山抗日同邹韬奋结识，他与邹韬奋情如兄弟。

杜重远在《生活周刊》上连续发表了到全国各地考察的报道，给读者留下了极深刻的印象。杜重远还一再表示，他愿意做张学良和东北军的工作，使东北

杜重远用过的皮箱

军成为抗日的军队，不要变成内战前线上的牺牲品。

1933年杨杏佛被暗杀后，邹韬奋被列入"黑名单"，胡愈之、杜重远、毕云程、徐伯昕和邹韬奋共同密商，决定让邹韬奋出国考察，关于筹借路费，杜重远都是积极支持者。邹韬奋出国之后，《生活周刊》和生活书店的重大事宜，仍由徐伯昕、杜重远和胡愈之共同担当领导核心。

1933年12月，《生活周刊》以"言论反动，思想过激，毁谤党国"的罪名被国民党查封。

《生活周刊》被查禁后，他们决定利用杜重远的关系，以杜重远的名义改办《新生》周刊，由杜重远出面办理登记手续，果然得到了国民党的批准。《新生》

周刊的版式、文字内容和政治主张，完全继承《生活周刊》的风格。当《新生》周刊问世以后，过去的《生活周刊》读者都得到了《新生》周刊的赠送，并希望他们订阅，这种做法使读者意识到这是《生活周刊》的复活和继续，甚至有些读者误认为过去不大闻名的杜重远是邹韬奋的化名。广大读者基于对国民党查禁《生活周刊》的愤恨，反而使《新生》周刊的信誉和销售量跟《生活周刊》一样增长起来。实际上《新生》周刊的编辑人员仍是胡愈之和艾寒松，在方针原则问题上，是胡愈之、杜重远和毕云程共同商定的。当邹韬奋在伦敦得知《新生》周刊已出版，欣然感到"接炬"的实现。也就是实现了原来他们共同商定的，若《生活》周刊被查禁，就想办法出版另一种刊物，犹如点燃的火炬，一直燃烧下去。刊物的名称可以改变，主编也可更换，但是抗日救国的宣传阵地决不放弃。

后来在抗日战争中，杜重远感到在国民党地区不

能发挥他的作用，1938年在汉口，得到周恩来同志的指导和同意，他才下决心去新疆，协助他的留日同学盛世才，主持新疆学院，不幸后遭盛世才杀害。

胡愈之在《怀念杜重远烈士》一文中说："杜重远不是共产党员，但是从'新生事件'起，他是紧跟党走的。他在监狱中做了许多工作，使张学良和东北军转变过来，促成了第二次国共合作，实现了抗日战争。最后因为他坚持抗日民主，而遭到反动军阀盛世才的残杀。杜重远烈士把一生献给新民主主义革命，和邹韬奋、李公朴、闻一多、陶行知等同志一样，都是我国现代史中的不朽人物。"

邹韬奋离开美国，回到了阔别达两年之久的故土。看到祖国已是满目疮痍，不禁感慨万千，凄然泪下，决心以更顽强的战斗姿态，为中国的民族解放事业尽献绵薄之力。从

此，邹韬奋全身心地投入爱国民主运动中。

1935 年 11月 16 日，他在上海创办了《大众生活》周刊。

邹韬奋主编的《大众生活》

在《创刊词》中明确提出，"力求民族解放的实现，封建残余的铲除，个人主义的克服"三大目标，从而彻底抛弃了资产阶级个人主义，将自身事业融进国家和民族解放的时代洪流中，不久，一二·九运动爆发，《大众生活》以其鲜明的政治立场和无畏的战斗风格，对这场如火如荼的抗日救亡运动给予了强有力的支持和援助。邹韬奋在报刊上接连发表评论，痛斥国民党当局的卖国行径，并对学生的爱国救亡运动，进行大力宣传和热情支持。发行量达20万份，打破当时中国杂志发行记录。其间，担任上海各界救国会与全国各界救国联合会的领导工作。

国民党不会听任一切民主进步事业的发展。邹韬奋及《大众生活》的正义言行，再度激起国民党政府的惶恐。他们又使出种种计谋，扼杀《大众生活》。一方面，对邹韬奋本人进行人身攻击，四处散布谣言，诬陷、诽谤邹韬奋；

另一方面，严格限制
《大众生活》，禁止它在
各地发售及从邮局邮
寄。国民党政府还接连
派出政坛说客，拉拢、
利诱邹韬奋屈从就范。
对于这些软硬相施的卑
劣行径，邹韬奋义正词
严，予以无情反击。他

明确表示："不参加救亡运动则已，既参加救亡运动，
必尽力站在最前线，个人生死早置之度外。"1936年2
月29日，《大众生活》出至第16期，被国民党政府查
封。邹韬奋决定暂避锋芒，于1936年2月出走上海，
前往香港。

　　邹韬奋一生最大的愿望，就是创办一份人民的报
纸。为了能够公开发表抗战救国主张，传播各地信息，
他到香港后不久，就开始和好友金仲华一起，着手筹
办《生活日报》。

　　金仲华既是邹韬奋的密友，也是从事新闻事业的
好搭档。金仲华生于1907年，原籍浙江桐乡，1927年
毕业于杭州元江大学。1934年与胡愈之等创办《世界
知识》杂志，任主编。1935年任生活书店编辑部主任，

同年与邹韬奋等创办《大众生活》周刊。1936年任《永生》杂志主编，1937年抗战爆发后，加入"保卫中国同盟"，先后在上海、武汉协助邹韬奋编辑《抗战》三日刊和《全民抗战》三日刊。介绍战局进展，以通报抗战消息，并附有金仲华妹妹金端苓手绘的战局地图，很受好评。1938年8月到达香港，参与筹建中国青年新闻记者学会香港分会和国际新闻社香港分社，并任《世界知识》《星岛日报》主编。当时宋庆龄在香港创办保卫中国同盟，金仲华任执行委员。1939年春，青记分会创办中国新闻学院，金仲华兼任副院长，主持院务。1941年12月，日军占领香港。1942年初，与夏衍、金山离开离港，来到桂林。1943年，金仲华加入中国民主革命同盟。1944年夏，日军进攻湘桂，同年年底至重庆，任美国新闻处译报部主任，常选译《新华日报》言论、消息，翻译了毛泽东的《论联合政府》。

经过几个月的日夜苦干，邹韬奋终于

《大众生活》

克服人力、财力等种种困难，于6月7日出版了《生活日报》。在发刊词中，邹韬奋明确提出："本报的两大目的是努力促进民族解放，积极推广大众文化"，力求"从民众的立场，反映全国民众在现阶段内最迫切的要求"。该报问世后，积极宣传抗战救亡思想。《生活日报》发行后不到两月，影响所及甚远，有力地推动了西南的爱国救亡运动。但鉴于香港偏安一隅，地利不便，信息闭塞，邹韬奋遂根据读者要求，宣告从8月1日起移至上海出版。1936年7月31日，邹韬奋和沈钧儒、陶行知、章乃器四人联名发表《团结御侮的几个基本条件与最低要求》

的公开信，进一步阐发了救国会的抗敌救国主张。文中分析了国内形势，指出国难当头之际，全国各党派各方面，应该停止纷争，"共同联合起来抗日救国"。他们特别对共产党提出的建立抗日民族统一战线的主张表示赞同和支持，呼吁蒋介石及国民党政府，"应该赶快起来促成救亡联合阵线的建立，应该赶快消灭过去的成见，联合各党各派，为抗日救国而共同奋斗"。该信对抗日救亡联合战线的建立起了重要的宣传和推动作用。8月，移至上海的《生活日报》，因国民党政府的种种干涉而未能复刊。邹韬奋便根据实际情况，将该刊副刊"星期增刊"复刊，并加以扩充，更名为《生活星期刊》，继续在上海高举抗日救亡的大旗，支持各地的抗日爱国运动。

威武不屈的"七君子"

　　像其他进步的知识分子一样，邹韬奋经过苦苦的摸索，他参加了宋庆龄、蔡元培等人领导的中国民权同盟和救国会，并竖旗文坛，主张民主、反对国民党的独裁专治，正当邹韬奋等人竭尽全力为抗日奔走呼号，推动救亡运动向前发展的时候，1936年11月22日深夜，国民党政府以"危害民国"罪，逮捕了邹韬奋和救国会的其他领导人沈钧儒、李公朴、沙千里、史良、章乃器、王造时共七人，制造了震惊中外的"七君子"事件。《生活星期刊》被迫停刊。作为当事人的"七君子"，襟

　　前排右起：沙千里、沈钧儒、王造时、李公朴、史良
后排右起：章乃器、邹韬奋。

怀坦荡，从容不迫，正义凛然。这七名救国会的领袖早已把个人的生死安危置于脑后，他们被捕后仍利用一切可能的机会宣传抗日，当有人问邹韬奋犯了什么罪时，他就会自豪地脱口而出："救国罪。"

史良被单独羁押在女看守所，邹韬奋等六人被羁押在一起，他们公推德高望重的沈钧儒做"家长"，在上海公安局时"家长"公开宣言："六个人是一个人！"他们知道，参加救国运动需要有一致的主张和行动，因此，他们议决了三个原则：（一）关于团体（指救国会）的事情，应由团体去解决；（二）关于六个人的共同事情，应由六个人的共同议决去解决；（三）关于各个人的事情，应由个人自己负责。

他们决心团结一致，患难与共，相约有罪大家有罪，无罪大家无罪；羁押大家羁押，释放大家释放。坚决要求同关一处，并预先约定：如果当局要把六个人分开，尽然要用绝食来抵抗。在他

们的眼里"救国是
一件极艰苦而需要
长期奋斗的事情。
参加救国运动的人
当然要下最大牺牲
的决心，但同时却

须在不失立场的范围内，极力避免不必要的牺牲，因
为我们要为救国运动作长期的奋斗"。"我们的目的是要
救国，并不是要进牢狱！进牢狱绝对不是我们所'求'
的，只是一种不幸的遭遇。我们为着要替救国运动做
更多的工作，是要在不失却立场的范围内极力避免
的。""七君子"在狱中留下了很多题字，炽热的爱国
主义精神跃然纸上：

　　我欲入山兮虎豹多，我欲入海兮波涛深，
呜呼喷兮，我所爱之国兮你到哪里去了，我要
去追寻。

　　　　　　　——1937年6月沈钧儒题
　　力争救国无罪不是为个人是为着救亡运动
的前途，不许侮辱人格也不是为个人是为中华
民族人格的光辉。

　　　　　　　——1937年2月23日题

我们要使每个中国人认识自己有着抗日的任务并要了解怎样能各就范围的去执行这任务，更要加紧一般的政治训练以增强抗日的力量，这样把广大群众和民族解放的斗争联合起来，把救国的工作和民主运动联合起来。

——1937年6月李公朴题

民族解放的斗争必得最后的胜利，爱国无罪将为大众和历史一致的裁判。

——1937年6月沙千里题

除非把我幽禁到无人的荒岛，我才没办法宣传和抵抗侵略者的残暴，但是我还要设法训练着不害人的野兽，准备有一天对侵略者作最后的决斗，因为侵略者的残暴实在超过野兽百倍。

——1937年6月28日

他们纯情爱国，志在推动政府走上抗日救国的道路，但不主张推翻政府。因而，他们在讨论问题及与当局开展斗争时，"主张坚决，态度和平"。

蒋介石派国民党浙江省党部头面人物罗霞天到狱中探望沈钧儒。沈钧儒与他单独见面。罗霞天对沈钧儒说：只要他们发表一个声明，再到反省院办个手续，

就可以得到自由。当沈钧儒把这个情况告诉其他几人时，大家一致认为这是让他们写检讨书，向当局表示投降，决不能这么做。罗霞天碰了一鼻子灰，只好灰溜溜地走了。

国民党当局不断变换手法，迫使"七君子"屈服。而"七君子"则勇敢机智地利用法庭开庭的机会陈述自己的抗日主张，坚决果断地粉碎国民党对他们的诬陷阴谋。

审问王造时时场面最为有趣。王造时是有名的演说家，在回答审判长的问题时，会不自觉地转身180度，面向旁听者侃侃而谈，利用庭审的机会，向听众宣传救国会的宗旨。审判长见状忙打断王造时的话，要他面向审判长回答问题。王造时只得转过身面向审判长，但讲着讲着他又面向旁听者了。审判长便再提醒他，他就再次转过身去，引得旁听席上响起一片笑声。审判长急得高喊："肃静，肃静!"这样的气氛，使法律、法庭、法官都没了尊严。

当"七君子"得知国民党当局企图在第二天结审之后，将他们按照《危害民国紧急治罪法》一审判罪就送反省院的情况，决定打乱其部署。他们装作若无其事的样子，律师照常到法院阅卷，下午，在开庭前1小时，他们递上《声请回避状》，认为"合议庭推事全

"七君子"与马相伯，杜重远合影，右起李公朴、王造时、马相伯、沈钧儒、邹韬奋、沙千里、章乃器、杜重远。

体已具成见，不能虚衷听讼，而将专采起诉书所举不利于被告之主张以为诉讼资料，断难求得合法公允之审判"，依法请承办审判长和两位推事回避。这个突然袭击是法院没有想到的，被"七君子"搞得狼狈不堪，只好宣布改期再判，便草草收场。

这样"七君子"不仅推迟了审判结果，而且粉碎了国民党CC分子想把"七君子"送南京反省院的阴谋。这是"七君子"在狱中进行合法斗争的一个重大的阶段性胜利。同时也为社会各界对他们的营救赢得了时间。

邹韬奋在《经历》一书中这样写道："我们国民此后应该努力的是，一方面要从种种工作上更充实团结御侮的内容；一方面要用种种方法督促并协助政府实现民主政治。"在"前途"一文中奋笔疾书，"我所仅有的一点微薄的能力，只是提着这支秃笔和黑暗势力作艰苦的抗斗，为民族和大众的光明前途尽一部分的推动工作。我要肩着这支秃笔，挥洒我的热血，倾献我的精诚，追随为民族解放和大众自由而冲锋陷阵的战士们，'冒着敌人的焰火前进'"！字字句句没有一丝一毫的缠绵和哀怨，字里行间流露出的是对国事问题的透彻认识和豪迈的战斗豪情。他们身陷囹圄而不屈，当之无愧地是中国的脊梁。狱外的救国会的同志

想尽一切办法把外面的消息送进狱内，还设法帮助单独关在女监的史良与男监互通信息，这样"七个人是一个人"了。

国民党的倒行逆施，激起了全国人民的愤怒和不平，各地纷纷组织游行、集会等活动，声讨国民党政府，强烈要求释放关押入狱的7位爱国人士。上海文化界叶圣陶、胡愈之、夏丏尊、艾思奇、金仲华、欧阳予倩等一百多人，联名要求国民党政府恢复"七君子"自由，撤销对陶行知等的通缉令。全国进步报刊都发表评论，指责国民党当局起诉"七君子"。

4月12日，中国共产党中央委员会发表《对沈、章诸氏被起诉宣言》，坚决反对国民党当局对救国志士的无理起诉。指出逮捕沈、章等人，"非特为全国民众所反对，亦为世界有识之士所不满，甚且国民党内部爱国人士亦多愤愤不平。西安事变之八要求，以释放沈、章、邹等先生列其一，良有以也"。"三中全会表示国民党自愿放弃其错误政策之端倪，人国人士亦正以诸先生之能否无条件开释为判断国民党有否与民更始之决心。"起诉沈、章等人，"此种极端错误之举措，实为全国团结一致抗日之重大障碍，实足以窥见国民党——至少其中一部分人士畏惧爱国运动之心理，及蔑视民权之态度"。"吾人对此爱国有罪之冤狱，不能不与全国人民一起反对，并期望国民党中有识领袖之切实反省。""吾人为中华民族之解放与进步计，自当要求国民党之彻底放弃其过去之错误政策，而此种彻

艾思奇故居

底转变之表示，应由立即释放沈、章、邹、李、王、沙、史诸爱国领袖及全体政治犯，并彻底修改《危害民国紧急治罪法》开始。"

5月，平津各界人士1690人委托律师为"七君子"代拟答辩书。广州7000余大中学生签名要求爱国自由和宣判"七君子"无罪。6月初，上海市民4800余人联名签署请愿书，递交江苏高等法院，要求恢复"七君子"自由。

与此同时，中国共产党地下党员、救国会负责人之一胡愈之，凭借他与新闻界的广泛联系，引导救国会把一切可以利用的舆论工具利用起来，大量报道

有关艾思奇的书籍之一

爱国志士 民主先锋
——新闻出版家邹韬奋的故事

"七君子"在狱中的斗争和国内外各方面人士的援救情况。在第一次审判的当天，胡愈之就和上海各报联系，要他们留出第二天报纸版面，准备报道审判的情况。晚上，去苏州听审的记者一回来，胡愈之就

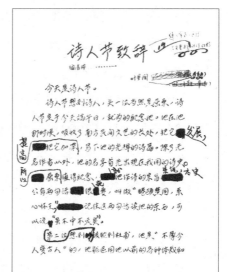

在生活书店听取他们的汇报，同时执笔撰写《爱国无罪听审记》。写完一部分即交人刻印，随即送各报馆拣字排版。如此这般一共进行了四次，文章最后完成已经是次日凌晨3时左右了，当上海几家报纸上把这篇重要文章用差不多整版的篇幅登载出来，引起了很大的轰动，及时揭露了国民党当局所导演的审判丑剧，给国民党当局以强大的舆论压力。

除此之外，胡愈之也请求宋庆龄、何香凝出面，以阻止国民党法庭的判决。经过几天的酝酿，由宋庆龄、何香凝出面，邀集其他爱国人士共16人，作为发起人，起草了《为沈案呈苏州高等法院文》《救国入狱运动宣言》和《救国入狱运动规约》。

第二次开庭日，由 16 人签名盖章的《呈文》就递交到法院。《呈文》正义凛然地说："沈钧儒等从事救国工作，并无不法可言，羁押囹圄，已逾半载，倘竟一旦判罪，全国人民均将惶惑失措。具状人等，或为救国会会员，或为救国会理事，或虽未加救国会而在过去与沈钧儒等共同从事救国工作。……爱国无罪，则与沈钧儒等同享自由；爱国有罪，则与沈钧儒等同受处罚。具状人等愿以身试法律上救国之责任。"

26 日宋、何对新闻界发表谈话，谈话指出："沈先生等的案件，绝对不能成立，……这不仅是一件冤狱而已，而且在政治上要铸成大错"，"如果爱国就有罪，那么中华民国的国民，还再有人去爱国吗？假定人人不爱国，试问我们的国家还有希望没有？"谈话庄严宣告："救国有罪这一罪例是万万开不得的""七位先生为爱国而入狱了，我们也愿意和他们一起为爱国而入狱""我们不仅自己这样做，我们还希望一切不愿做

鲁迅

亡国奴的人们都同样
做。

上海各界救国会请
愿慰问代表团一行21
人来到苏州，正式具名
备状，向江苏高等法院
请愿，要求无条件释放
"七君子"并给他们带
来慰问信和慰问品，了

叶圣陶

解"七君子"的狱中生活。他们把写有"救国会组织
愈加健全，工作依然不懈"的字条也藏在慰问品中，
让"七君子"了解外面的情况。

同时宋庆玲、何香凝和各界知名人士发表《救国
入狱运动宣言》："我们准备好去监狱了！我们自愿为
救国而入狱，我们相信这是我们的光荣，也是我们的
责任。""我们都是中国人，我们都要抢救这危亡的中
国。我们不能因为畏罪，就不爱国、不救国。""我们
准备去入狱，不是专为了营救沈先生等。我们要使全
世界知道中国人绝不是贪生怕死的懦夫，爱国的中国
人绝不仅是沈先生等七个，而有千千万万个。中国人
心不死，中国永不会亡！"

宋、何等人的谈话和《宣言》发表后，在上海和

何香凝绘画作品

纵令青山助不是夏夏青山

出山自含声声流大地間

一帝写人物松香凝寫

瀑布山　于右任題記

气滌寫瀑布

一九三四年於上海

全国各地引起了强烈的反响。"爱国有理""救国无罪"的怒吼声响彻神州大地。上海电影界著名导演和演员应云卫、袁牧之、赵丹、郑君里、白杨等20多人也于7月3日具状江苏高等法院，请求收压，愿与"七君子""同享自由或受处罚"。救国会还在上海发起"万人救国入狱运动"，复旦、光华、暨南等大学的教授、学生装和工商界的职工都积极响应，纷纷呈状江苏高等法院，请求与"七君子"并案处理。

7月4日，何香凝致函宋子文和孙科，请他们转达蒋介石，表示坚决支持宋庆龄等人发起的"救国入狱运动"，并说"孙夫人如果入狱，香凝决偕行也"。她说："革命的目的既为人民解除痛苦，今反以救国获罪，此香凝之所以甘愿入狱，冀轻全国政治犯之罪，俾其作民族生存抗敌先锋。香凝年近六十，行将就木，何惜残废之躯，如能贡献国家，万死不辞。"

7月5日，正值盛夏，烈日炙炙。宋庆龄亲自率领爱国人士，携带写给国民党苏州高等法院的文件，直赴苏州高等法院"请求羁押"入狱，与"七君子"一道坐牢。

由于过度劳累宋庆龄的胃病复发，已经有几天没有正常吃饭了，但是仍毅然前往苏州。到达苏州，她们带着生活用品直奔法院。该法院院长和首席检察官慌了手脚，不知如何是好。宋庆龄直截了当地责问："救国有罪无罪？如果无罪，应把七位救国会领袖立即释放；如果有罪，则把我们一起关押起来。"院长支支吾吾，答非所问，对宋庆龄等人说："苏州天气炎热，还是请你们早点回上海休息吧！"宋庆龄听了严肃地说："我们不是来苏州乘凉的，而是来自求入狱的。"国民党政府无可奈何，十分尴尬。

在举国上下为营救抗日救国的领袖们奔走呼号的时候，发生了七七事变。（也称卢沟桥事变）

日本军队为了占领中国，发动了全面对华战争。从1937年6月起，驻丰台的日军连续举行军事演习。自1931年占领中国东北后，为达到全面占领中国的目的，陆续运兵入关。到1936年，日军及伪军已从东、

纪念国民军七七事变抗敌画作

爱国志士　民主先锋
——新闻出版家邹韬奋的故事

西、北三面包围了北平（今北京市）。不断地寻找借口，实施侵略。

7月7日夜10时，驻丰台日军河边旅团第一联队第三大队第八中队，由中队长清水节郎率领，在卢沟桥以北地区举行以攻取卢沟桥为假想目标的军事演习，11时许，日军诡称演习时一士兵离队失踪，要求进城搜查。在遭到中国驻军第二十九军第三十七师二一九团团长吉星文的严词拒绝后，日军迅即包围宛平县城。翌晨2时，第二十九军副军长兼北平市长秦德纯为防止事态扩大，经与日方商定，双方派员前往调查。但日军趁交涉之际，于8日晨4时50分，向宛平县城猛烈攻击。并强占宛平东北沙岗，打响了攻城第一枪，中国守军忍无可忍，奋起还击，日军在同一天内，连续进攻宛平城三次，均遭中国守军的英勇抵抗。由此掀开了日中战争的序幕。

7月8日早晨，日军包围了宛平县城，并向卢沟桥中国驻军发起进攻。中国驻军国民革命军第二十九军官兵进行阻挠。排长申仲明亲赴前线，指挥作战，最后战死。驻守在卢沟桥北面的一个连仅余4人生还，余者全部壮烈牺牲。中国守军和日军在卢沟桥激战，日本派大批援军，向天津北京大举进攻。

第二十九军副军长佟麟阁，一三二师师长赵登禹先后战死。7月，天津沦陷。

日军发起七七事变后，在全国引起强烈反响。七七事变的第二天，中国共产党中央委员会就通电全国，呼吁："同胞们，平津危急！华北危急！中华民族危急！只有全民族实行抗战，才是我们的出路！"并且提出了"不让日本占领中国"！"为保卫国土流血！"的口号。蒋介石提出了"不屈服，不扩大"和"不求战，必抗战"的方针。蒋介石曾致电宋哲元、秦德纯（第二十九军副军长兼北平市市长）等人"宛平城应固守勿退"，"卢沟桥、长辛店万不可失守"。

七七事变揭开了全国性抗日战争的序幕。

七七事变后，在社会各界全力营救之下，1937年7月31日，国民党政府迫于压力，授意江苏高等法院拟具裁决书，以"沈钧儒等各被告危害民国一案，羁押进逾半载，精神痛苦，家属失其赡养"为词，裁定停止羁押，交保释放。

在243天的狱中生活里，"七君子"始终以坚强的爱国民主战士的姿态，同反动派针锋相对，"战而不屈"，表现出无畏的革命风范及英勇的斗争精神。面对国人的支持和努力，邹韬奋心里十分感动，他由衷地表示："我们报答之道，只有更努力于救国运动，更致力于大众谋福利的工作。"

国民军在抗击日寇

民族的骄傲

　　1937年8月19日，邹韬奋在上海创办了《抗战》三日刊，邹韬奋为主编，胡愈之、金仲华、张仲实、柳湜、钱俊瑞、沈志远、胡绳、艾思奇等为撰稿人。与此同时，该刊还出版六天一期的《抗战画报》。邹韬奋宣布《抗战》的任务为：一方面要对直接和抗战有关的国内和国际形势，作有系统的分析和报道，显现重要意义和相互间的关系；另一方面要反映大众在抗战期间的迫切要求，并贡献、观察讨论的结果。国民党当局虽然走上了抗日之路，但所执行的是一条片面

邹韬奋主编的《抗战》三日刊

爱国志士　民主先锋
——新闻出版家邹韬奋的故事

抗战路线。在创刊号
上，邹韬奋发表另外一
篇时评《政治准备的补
救》，提出："深刻地感
觉到政治准备太落后于
军事的行动，实有迅速
补救的必要。"的重要
观点，他的这一论断是
符合实际的，具有长远
的战略眼光。但是也因
此自身付出了沉重的代价。

8月29日，邹韬奋发表《持久抗战的重要条件》，
明确指出："除军事方面的不失时机，坚持抗战；外交
方面的积极推动，运用灵敏"之外，还要有"心理的
基础和物质的基础"。

9月6日，邹韬奋发表《后方的防御工事》指出，
在后方整理内部的工作是必要的，只有做好这项工作，
前方的"防御工事"才不致白做。9月9日邹韬奋发表
《中国人的责任》，把爱国主义和国际主义结合起来，
表现出宽广的胸怀。

10月13日，邹韬奋发表《民意机关的设立》，认
为在抗战的非常时期，诚难召开国民大会，但是民意

机关仍不可少，因为民族解放的抗战必须以民众意志为基础，必须以民众的力量为后盾。11月17，邹韬奋在《救亡日报》上发表《坚持抗战与积极办法》指出："目前抗战形势的不能好转最大的症结还是在公有军事上动员，而实在没出没有做到全民族的整个的抗战，也就是说对于民众运动仍然是未有彻底的解放。"11月19日，邹韬奋发表《紧急时期的断然处置》，一方面表示愿以艰苦奋斗始终不屈，与全国同胞相勉；一方面竭诚希望政府实行断然措施，做几件振奋人心，挽回士气，有利战局的事情。

11月23日，《抗战》三日刊在上海出至第29号，迫于形势所逼，不得不迁往汉口出版。

12月16日，邹韬奋一行到达汉口，安顿下来后在

23日就开始从第30号续办《抗战》三日刊。一直到第二年10月底撤退，邹韬奋他们在汉口生活、战斗了11个多月。次年7月该刊与柳湜主编的《全民》周刊合并，更名为《全民抗战》三日刊。《全民抗战》是抗日战争

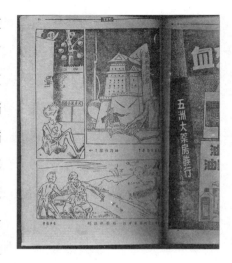

时期进步的综合性政论刊物。该刊编委有沈钧儒、张仲实、艾寒松、胡绳、邹韬奋、柳湜，主编邹韬奋、柳湜，发行人邹韬奋。由生活书店总经销。其形式有论文、通讯、散文、漫画、木刻等，是当时国民党统治区影响最广，受人民普遍欢迎的刊物。为了满足全国各界朋友的爱国民主要求，他还先后出版了《全民抗战》战地版五日刊和《全民抗战》通俗版周刊。这些刊物均以宣传抗战救国，争取民主权利为中心内容。

由于武汉战局紧张，《全民抗战》五日刊从第33号起迁至重庆继续出版。汉口沦陷前，为了不误《全民抗战》五日刊在重庆出版的时间，邹韬奋和柳湜随身带着大量稿件和读者来信乘飞机赴重庆。当时，他们担心在机场受到检查，可是遇到的两个国民党宪兵恰好是《全民抗战》的热心读者，不但免去对他们的检查，还主动表示："永远跟你邹韬奋先生走"。待到平安地上了飞机后，邹韬奋对柳湜说："我们的辛苦不白费，到处有我们的人""中国革命一定胜利，只要看这一代青年的心就可保证。"《全民抗战》波及范围之广，影响力之大，在当时均属罕见。《全民抗战》销售量突破30万份，居全国刊物发行量之冠，有力地推动了爱国民主运动的发展。

邹韬奋出狱后的爱国活动，引起了国民党当局的惶恐和恼怒，国民党当局把打击的目标重点锁定在生活书店。

抗战以来，生活书店在极艰苦的环境中，扩大工作范围，加强工作效率，所设分店深入战区和敌后游击区。许多英勇忠贞的职员冒着生命的危险，屡次押运大量书籍出入敌人的封锁线；有的职员为抗战文化而遭敌机轰炸，血肉横飞，只留下一枚职员徽章；有些职员因力疾办公，不辞辛劳，竟以身殉职。他们是一群有着爱国激情和艰苦奋斗精神的"文化战士"！

爱国志士　民主先锋
——新闻出版家邹韬奋的故事

生活书店除陆续出版 8 种杂志和近千种书籍外，还为一般民众编行《战时读本》及《大众读物》。前者深入浅出，向一般民众灌输抗战建国知识，印数达百万册；后者为宣传抗战国策及建国伟业的通俗书籍，印数达 300 多万册以上。

营救过数百名文化名人的曾生（左）将军

从 1939 年 4 月起，国民党特务陆续对生活书店分店进行封闭或迫令停业；所出图书，一律禁止或没收，甚至连经过审查及在"内政部"注册的，也无一例外。到 1941 年 6 月，在一年零三个月的时间里，生活书店经过 16 年艰苦经营所建立起来的分布各地的 56 个分支店，除其中 5 处系因战局关系而撤退外，其余遭摧残而毁灭的达 44 处之多，到 1940 年 6 月，仅剩 7 个分店。除重庆分店外，生活书店在国统区内的 50 余家分店，全部被国民党当局封闭，所有职工均被逮捕或遣散，邹韬奋对此怒不可遏。他接连向国民党政府提出强烈抗议。他的言行，让国民党反动派对他恨之入骨，他的人身安全也受到严重威胁。

　　1940年5月初，国民党参谋总长兼军政部长何应钦在国防最高会议中报告说：有情报表明邹韬奋、沙千里、沈钧儒三人将于"七七"在重庆领导暴动，如不成，将于双十节再暴动。邹韬奋等人听说后，觉得这是天下奇闻，认为没有辨明之价值，一笑了之。后来才知道当时在四川綦江有政治部干训团，学生千余人，忽有青年被诬陷，说他们也将由邹韬奋和沙千里"笔杆暴动"所"领导"，即由该团拘捕刑讯拷打逼供，由一二人株连到数十人，又由数十人株连到一二百人，总数达四五百人之多！结果打死了十几个人，重伤数十人。邹韬奋为之痛心，"听到那样多的无辜青年遭受那样惨的无妄之灾，使我悲慨之情，格外深刻，凄惨

国民党使用过的刑具

印象，永不绝于我心"。

　　1941年2月23日，在第二届国民参政会第一次会议行将开幕之际，邹韬奋愤然辞去国民参政员之职，只身一人，离渝再度赴港，决心"愿以光明磊落的辞职行动，唤起国人对于政治改革的深刻注意与推进"。这是他第四次流亡。为了爱国、救国，他曾经流亡、坐牢；在全国抗战的新形势下，又是为了爱国、救国，他被迫再次离开温馨的家。

　　邹韬奋到达香港后，更积极致力政治活动，为实现民主政治奔走呼喊，他对于阴谋出卖国家，破坏抗战之恶势力，发出坚定有力的怒吼："一息尚存，誓当与之奋斗到底"，表现了强烈的爱国主义精神和誓与恶势力斗争到底的决心。

5月17日，邹韬奋在香港重办《大众生活》。在复刊词中，他大声疾呼："摆在全国人民面前的紧急问题，就是如何使分裂的危机根本消灭，巩固团结统一，建立民主政治，由而使抗战坚持到底，以达到最后的胜利。"邹韬奋一生最大的愿望，就是创办一份人民的报纸。为了能够公开发表抗战救国主张，传播各地信息，他到香港后不久，就开始和好友金仲华一起，着手筹办《生活日报》。经过几个月的日夜苦干，邹韬奋终于克服人力、财力等种种困难，于6月7日出版了《生活日报》。在发刊词中，邹韬奋明确提出："本报的两大目的是努力促进民族解放，积极推广大众文化"，力求"从民众的立场，反映全国民众在现阶段内最迫切的要求"。该报问世后，积极宣传抗战救亡思想。

邹韬奋文集

爱国志士　民主先锋
——新闻出版家邹韬奋的故事

邹韬奋纪念馆

《生活日报》发行后不到两月，影响所及甚远，有力地推动了西南的爱国救亡运动。

6月7日，邹韬奋与救国会留港代表茅盾、长江、金仲华等9人联合发表了《我们对于国事的态度和主张》一文，进一步表达了要求进行民主政治改革的强烈愿望。该刊发行后，受到海内外读者的热烈欢迎，销量很快达到10万份。除主持《大众生活》外，邹韬奋还经常以撰稿人身份，在《保卫中国大同盟》英文半月刊和救国会同仁所办的《救国丛书》上发表文章，陈述自己的政治观点。此外，他还根据亲身的经历和感受，撰写出长篇史料《抗战以来》，意在以光明磊落的公开言行，为着中国政治的光明前途，为着中国抗战建国的光明前途，"唤起国人对于政治改革的认识和

努力"。

邹韬奋对民主问题是很有研究的。在他的思想中，民主是一种调动整个民族的力量去打败日本侵略者最为有效、快捷的工具；同时又是目的，要让人民当家作主，充分享受民主权利，这也是进行反帝反封建斗争的根本目的。邹韬奋是一位杰出的民主战士。他对民主政治问题不是从艰深的学理上去研究，而是深入浅出地从现实可行性的角度去研究和宣传，这与危在旦夕的民族生存环境和如火如荼的民族解放斗争的实际需要有关，也与他所从事的新闻报道、新闻评述的事业有关。

英名永垂青史

　　太平洋战争爆发后，日本帝国主义加紧推进"南进"政策。1941年12月25日，香港沦陷，邹韬奋无法驻足香港，只得再度流亡。在中国共产党的帮助下，邹韬奋前往东江，隐居到一个僻静安宁的山村，在这里他特别喜欢"山村夜谈"。晚上，常有老乡到他的住处来与他聊天，他从老乡那里了解山村人民的革命斗争史及许许多多的乡风民俗，他则把外界的形势、新闻知识及许多有意思的事情讲给老乡听，海阔天空，其乐融融。

邹韬奋在梅县

回首往事，邹韬奋不禁感慨万千。他对胡一声说："我过去主张实业救国，提倡职业道德，是资产阶级改良主义的空想；后来还注重放弃武装，与蒋介石和平协商，联合救国，简直是与狐谋皮！""我毕生办刊物、做记者、开书店，简直是'题残稿纸百万张，写秃毛锥十万管'了，但政权、军权还在蒋介石手里，他一声令下，就可以使千万个人头落地！千万种书籍杂志焚毁！连我这样的文弱书生，只谈爱国，他都一再使我流离失所，家破人散呢！我现在彻底觉悟了，我要到八路军、新四军方面去，在毛泽东、周恩来、朱德等同志领导下，参加革命斗争，争取加入中国共产党。"

邹韬奋故居

爱国志士　民主先锋
——新闻出版家邹韬奋的故事

为了邹韬奋的安全着想，党组织把他转移到苏北抗日根据地。在那里他悉心考察了抗日根据地的状况，参观、访问了许多学校，并和当地群众、部队一起生产、劳动。亲身的

感受和体会，使他感慨万千，备受鼓舞。他深情地说："过去十年来从事民主运动，只是隔靴搔痒，今天才在实际中看到了真正的民主政治。"这时，邹韬奋不幸患耳癌，被迫回上海就医。患病期间，他忍受耳癌袭来的阵阵刻骨的疼痛，伏在床上，赶写了《患难余生记》一书（未完成的遗著）和《对国事的呼吁》一文。谈到关于考察苏北根据地的印象时，邹韬奋在书中由衷地写道："当我在敌后抗日民主根据地，亲眼看到民主政治鼓舞人民向上精神，发挥抗战力量，坚持最残酷的敌后斗争，并团结各阶层以解决一切困难的情形，我的精神极度兴奋，我变得年轻了。我对于伟大祖国更看出了前途光明。我正增加百倍的勇气和信心，奋

勉自励，为我伟大祖国与伟大人民继续奋斗。"

弥留之际，邹韬奋口授遗嘱，"我自愧能力薄弱，贡献微小，三十余年来追随诸先进，努力民族解放、民主政治和进步文化事业，竭尽愚钝，全力以赴，虽颠沛流离，艰苦危难，甘之如饴。此次在敌后根据地视察研究，目击人民的伟大斗争，使我更看到新中国光明未来。我正增加百倍的勇气和信心，奋勉自励，为我伟大祖国与伟大人民继续奋斗。……请中国共产党中央严格审查我一生奋斗历史。如其合格，请追认入党。"这份遗嘱体现了邹韬奋忧国忧民的赤子之心，体现了他对中国共产党的一往情深，体现了生命不息战斗不止的献身精神。

1944年7月24日，邹韬奋带着对祖国，对人民的无限眷恋和深情，离开了亲人，离开了他心爱的新闻出版工作，离开了他毕生致力从事的伟大的爱国民主事业。享年48岁。

邹韬奋逝世的消息传出之后，举国哀痛。各地以不同的形式纷纷隆重举行追悼大会，许多爱国民主人士、知识界和进步青年把参加邹韬奋的追悼会作为对法西斯独裁统治的抗议和回击。

10月7日，《解放日报》发表了中共中央9月28日致邹韬奋家属的唁电，追认他为中国共产党党员，并对其一生及其从事的伟大事业，给予了崇高的赞誉和评价。电文写道："邹韬奋先生二十余年为救国运动，为民主政治，为文化事业，奋斗不息，虽坐监流亡，决不屈于强暴，决不改变主张，直至最后一息，犹殷殷以祖国人民为念，其精神将长在人间，其著作将永垂不朽。先生遗嘱，要求追认入党，骨灰移葬延安，我们谨以严肃而沉重的心情，接受先生临终的请求，并引此为吾党的光荣。邹韬奋先生长逝了，愿中国人民齐颂先生最后呼吁，为坚持团结抗战，实行真正民主，建设独立自由繁荣和平的新中国而共同奋斗到底。"

中共领导人也亲题挽词，表示深切哀悼。毛泽东的题词为："热爱人民，真诚地为人民服务，鞠躬尽瘁，死而后已，这就是邹韬奋先生的精神，这就是他之所以感动人的地方。"

朱德在挽联中热切地称他为"爱国志士，民主先锋"。

邹韬奋的名字"将永远是引导新闻出版界和爱国知识分子前进的一面旗帜"！他虽然离开了我们，但他永远伫立在民族的精神里，永远活在人民心里。

爱国志士 民主先锋
——新闻出版家邹韬奋的故事

邹韬奋故居

位于万宜坊(重庆南路205弄)54号。民国19—25年，邹韬奋寓居于此。

1930年，邹韬奋和夫人沈粹缜一起设法租下了法租界吕班路万宜坊54号，也就是现在的故居所在地，作为自己的寓所。这一寓所是一幢联排式、富有现代气息的三层楼住宅，砖混结构，坐北朝南，民国18年建。位于弄堂中，占地120平方米，建筑面积170平方米。外墙用混凝土拉毛，屋前有两米高的围墙围护。进入围墙是一个小天井，然后是会客厅兼餐厅。这里四周安放着用蓝色士林布覆盖的沙发，中间又一张小圆桌，桌旁是四个靠背椅，还有茶几、茶柜等，墙上挂着邹韬奋父母的照片和沈粹缜的一幅刺绣佳作，还有几幅秋冬景色的油画，整个房间里显得朴素和雅致。邹韬奋与好友胡愈之、杜重远、金仲华、张仲实、徐伯昕等常聚于此，商讨救国大计和出版事宜。

二楼是韬奋夫妇的卧室，落地门窗外是用铁栏杆圈着的小阳台，室内是普通的木地板，一边安放着一个大床，另一边是大橱和梳妆台，西南角放着一张小圆桌及两把椅子，墙上挂着几幅家人的生活照片。后面亭子间是韬奋的工作室，亭子间约7平方米，靠窗有一张写字台，靠墙是两只装满外文书籍的书柜。平时，邹韬奋除去环龙路（今南昌路）《生活周刊》社处理事外，多在此主编《生活周刊》撰写时评，《革命文豪高尔基》一书也在此编译。二楼卧室三

楼由朋友借住。九一八事变后，邹韬奋力主抗日，所编《生活周刊》大力宣传抗日救国。

民国21年7月，国民政府以"言论反动、毁谤党国"罪名，禁止《生活周刊》邮递发行。翌年1月，邹韬奋参加中国民权保障同盟，后又加入上海文化界救国会和全国各界救国联合会，为执行委员。因名列国民党暗杀"黑名单"，于7月14日被迫去欧洲考察。民国25年7月15日，和沈钧儒、陶行知等共同签署发表《团结御侮的基本条件与最低要求》公开信，要求国民党停止内战，联合红军，共同抗日。

1956年，经国家文化部批准于同弄53号建立韬奋纪念馆。1959年5月26日和1977年12月7日，两次公布为市文物保护单位。

邹韬奋散文作品

《韬奋漫笔》《萍踪寄语》《萍踪忆语》《坦白集》《漫笔》《再厉集》《抗战以来》《患难余生记》《对反民主的抗争》《爱与人生》《办私

室》《丢脸》《干》《个人自由与国家自由》《集中的精力》《坚毅之酬报》《久仰得很》《敏捷准确》《肉麻的模仿》《什么是真平等》《随遇而安》《痛念亡友雨轩》《外国人的办事精神》《有效率的乐观主义》《闲暇的伟力》《风雨香港》《深挚的友谊》《萧伯纳的夫人》《忘名》《我的母亲》。

爱国志士 民主先锋
——新闻出版家邹韬奋的故事

中华魂·百部爱国故事丛书
提　要

《誓与禁烟相始终——民族英雄林则徐》

林则徐严禁鸦片，坚决抵抗西方列强的侵略，坚持维护国家主权和民族利益。他是中国近代历史上第一位睁眼看世界的人，是抗击帝国主义殖民侵略的第一人，是中华民族抵御外侮过程中伟大的民族英雄。

《血洒虎门御敌寇——抗英将军关天培》

民族英雄关天培，在第一次鸦片战争中为了抗击英国侵略者的入侵而血洒虎门，为国捐躯，谱写了一曲可歌可泣的英雄赞歌。关天培用他的生命，书写了中国人民反抗外侮的历史。

《威震镇海靖节魂——抗敌英雄裕谦》

在第一次鸦片战争期间的众多牺牲者中，有一位官阶最高，他就是两江总督裕谦。裕谦与外国侵略者斗争立场坚定，与国内妥协派、投降派斗争态度坚决。裕谦督战镇海，与英国侵略军浴血奋战，临危不惧，以身报国，浩气长存。

《斩邪留正解民悬——太平天国领袖洪秀全》

农民出身的洪秀全，从失意文人到起义领袖，经历了长期的思想演变过程，在外敌入侵、清朝政府腐朽的历史环境之下，顺应时代的潮流，成长为一位非凡的历史英雄人物，建立了与清朝政府相抗衡的农民政权——太平天国。

《仰承汉唐　荟萃中外——近代数学家李善兰》

李善兰是我国19世纪重要的科学家之一，在数学、天文学、力学等方面都有重大建树。他继承了我国古代数学的成就，又以极大的热情传播西方科学文化，"仰承汉唐，荟萃中外"，把自己的一生献给了科学事业。

《严谨治学　勇于探索——近代著名数学家华蘅芳》

华蘅芳，中国近代数学家之一。其精通中国古算学，并熟练掌握西方近代数学，是中国验证抛物线并著书立说的参与者。为了证明"外国有的，中国也能造"而鞠躬尽瘁，在引进西方科学技术、传播科学知识上贡献卓著。

《折冲樽俎护山河——近代著名外交家曾纪泽》

曾纪泽是中国近代史上著名的爱国外交家，在中俄伊犁交涉事件中，他秉承抵抗列强、保卫国家的坚定意志，利用外交手段全力同沙俄抗争，捍卫了国家主权、民族尊严，收回了祖国的领土，在近代中国外交史上留下了光辉的一页。

《甲午海战留英名——民族英雄邓世昌》

邓世昌，北洋水师名将。本书以邓世昌的成长过程为线索，以代表性的历史故事为主要内容，还原真实的历史事件，突出鲜明的人物性格。邓世昌因在中日甲午海战中突出的英雄气概而名垂史册，书写了伟大的爱国主义篇章。

《誓与舰队共存亡——北洋水师提督丁汝昌》

丁汝昌处在清朝政府的腐朽和李鸿章的专断下，难以施展爱国的抱负，壮志未酬，愤恨而终。但丁汝昌为建立近代海军作出的巨大贡献，带领北洋舰队爱国官兵勇抗强敌的英雄事迹，将永远为后代所传颂。

《镇南关上凯歌扬——抗法老英雄冯子材》

1885年中法战争中，年逾古稀的冯子材为抵御外国侵略，勇赴国

难，大败法军于镇南关，并乘胜追击，接连收复文渊、谅山等地，从根本上扭转了中法战争的局面，成为近代民族英雄的杰出代表。

《屡败法军逞英豪——黑旗军将领刘永福》

刘永福是黑旗军的创建者，是农民出身的杰出军事家、政治活动家。在19世纪发生的援越抗法、中法战争中，他率部与帝国主义侵略者进行了殊死的战斗，建立了卓越的功勋，成为我国近代史上著名的民族英雄，为后世所景仰。

《矢志变法强国家——戊戌变法领袖康有为》

康有为是清末民初最有影响力的思想家之一。他领导了中国知识界的启蒙运动，掀起了一场自上而下的政体改革。他最早在中国提出了立宪政体和具体的宪政方案，主张在坚持儒家传统和帝制的前提下，学习西方经验，他的进步思想对近代中国具有深远的影响。

《开民智以报国　普新知而图强——戊戌变法思想家梁启超》

梁启超，中国近代史上著名的政治活动家、启蒙思想家、史学家、文学家，戊戌变法领袖之一。本书以百日维新思想家梁启超的成长过程为线索，以代表性的历史故事为主要内容，还原真实的历史事件，突出鲜明的人物性格。

《我自横刀向天笑——维新志士谭嗣同》

谭嗣同在民族危机的严重时刻，投身改革救中国的洪流。为了带给祖国一个光明的未来，紧要关头，他挺身而出，用自己的鲜血激励后人，把宝贵的生命献给了变法事业。

《睡乡敢遣警世钟——用生命警策国人的陈天华》

陈天华是民主革命的活动家和宣传家。他写的《猛回头》《警世钟》等书，起到了革命启蒙的重大作用。为了激发留日学生的爱国情怀，他不惜投海自杀，演出了近代史上感人至深的一幕，给后人留下了难忘的印象。

《革命军中马前卒——民主斗士邹容》

革命乃"至尊极高，独一无二，伟大绝伦之一目的"；它是"天演之公例，世界之公理，顺乎天而应乎人"的伟大行动。因此，必须"仗义群兴革命军"。他激情高呼："革命独子万岁！中华共和国万岁！"这就是《革命军》的作者，中国近代著名资产阶级革命宣传家邹容。

《休言女子非英物——鉴湖女侠秋瑾》

为民族解放和妇女解放而英勇斗争的秋瑾，冲破封建礼教的思想牢笼，打碎封建精神枷锁，崇仰真理，追求光明，主张共和，坚持男女平等，最终献出了自己年轻的生命。

《血溅校场　杀身成仁——民主斗士徐锡麟》

本书讲述了反清志士徐锡麟弃文从武、投身反清革命事业，最终被清政府杀害的故事。出于对国家的热爱，徐锡麟献出自己的生命，他的事迹将永远激励后人深切缅怀这位民主革命的先驱。

《生可死耳　我志长存——献身民主的禹之谟》

禹之谟，民主革命党人，同盟会会员，近代资产阶级革命家、实业家。1886年，20岁的禹之谟"提三尺剑，挟一卷书"游历四方，研究西方社会政治学说，忧国忧民之心日趋强烈。戊戌变法失败，他丢掉改良幻想，倡革命救亡之说，走上民主革命道路。

《物竞天择　适者生存——资产阶级启蒙思想家严复》

严复是中国近代著名的启蒙思想家、翻译家和教育家。他长期从事教育和翻译事业，为近代中国人才培养和思想启蒙做出了重要贡献，同时他也为中国的翻译事业和中西思想文化交流做出了重要贡献。

《辛亥革命急先锋——资产阶级革命家黄兴》

黄兴，清末民初资产阶级革命家，中华民国开国元勋。黄兴在武昌首义及辛亥革命时期的爱国表现，与孙中山闻名于当时，常被时人以"孙黄"并称。本书以资产阶级革命活动实干家黄兴的成长过程为线索，歌颂了先辈伟大的爱国主义精神。

《矢志革命　百折不回——近代民主革命家廖仲恺》

廖仲恺追随孙中山踏上了创立民国与捍卫共和制的旧民主主义革命

之路；在新民主主义革命时期，他为建立、巩固首次国共合作和实施三大政策，英勇奋斗，为国殉职，洒尽了一腔热血。

《将军拔剑南天起——护国英雄蔡锷》

蔡锷是中国近代史上的杰出军事家、爱国者。他的一生短暂而伟大。辛亥革命爆发，他毅然投身于革命洪流之中，领导云南重九起义，对武昌起义积极响应。袁世凯窃国复辟、恢复帝制的阴谋暴露出来以后，他又毅然举起了武装讨袁的旗帜。

《反帝反封建运动——五四青年的爱国故事》

五四运动是一次伟大的反帝反封建的爱国运动；是一个伟大的历史转折点；是中国人民的斗争从挫折走向胜利的一个关节点，它为中国的前进开辟了一条全新的道路，拉开了中国新民主主义革命的序幕。

《思想自由 兼容并包——著名教育家蔡元培》

蔡元培是中国近现代著名的民主革命家和教育家，一生经历风雨，却始终信守爱国和民主的政治理念，致力于废除封建主义的教育制度，奠定了我国新式教育制度的基础，为我国教育、文化、科学事业的发展做出了富有开创性的贡献。

《为国家争光 为民族争气——中国铁路之父詹天佑》

詹天佑是我国最早的杰出铁道工程师，因主持建造京张铁路而闻名中外，被誉为"中国铁路之父"。他为祖国的铁路事业贡献了毕生的精力。本书向读者展示了詹天佑热爱祖国、科技兴国的辉煌人生。

《实业救国 衣被天下——轻工之父张謇》

张謇是爱国实业家、教育家。他年轻时中过状元。过了40岁，开始投身工商实业活动中，他的名言是"富民强国之本在于工"。在南通，创办大生丝厂、银行等各种实业。并将创办实业的大部分所得投入教育。他的观点是，教育和实业一样，也是"富强之大本"。

《心向革命 追求光明——平民将军冯玉祥》

冯玉祥将军"是一位从旧军人转变而成的坚定的民主主义战士"。

抗日战争期间，他辗转各地，用实际行动积极抗战。日本战败投降后，他为了断绝美国的援蒋内战，又在美国四处演说，揭露蒋介石统治之黑暗，痛斥美国阴谋分裂中国的不良行为。

《刑场上的婚礼——革命烈士周文雍　陈铁军》

周文雍是广州起义的主要领导人之一。陈铁军出身于华侨商人家庭，却毅然投身革命洪流。1928年1月，两人接受派遣，回到广州假扮夫妻从事革命斗争，却不幸被捕。临刑前，两位烈士将敌人的枪声当作自己婚礼的礼炮，用生命和爱情谱写出一曲千古绝唱。

《星星之火　可以燎原——井冈山斗争的故事》

1927—1929年，毛泽东、朱德等老一辈革命家，在井冈山创建了农村革命根据地，进行了艰苦卓绝的斗争，建立了新型革命武装，点燃了工农武装革命之火，找到了农村包围城市最后夺取政权的中国革命的正确道路。

《新民学会的主要发起人——中国共产党早期革命家蔡和森》

蔡和森青年时期曾与毛泽东等人一起组织进步团体新民学会，参加五四运动，并在赴法勤工俭学时研读大量马克思主义著作，回国后以满腔热忱投身革命事业，成为中国共产党早期重要的理论家和宣传家。

《威震黄浦江畔　高奏抗日壮歌———·二八淞沪抗战》

面对日本侵略者的挑衅，十九路军在蒋光鼐、蔡廷锴的带领下，高举义旗，奋力一搏。一·二八淞沪抗战，是中国军人捍卫军人荣誉和祖国尊严所发出的吼声，谱写了一曲抗击日军侵略的英雄壮歌。

《将军恨不抗日死——慷慨就义的吉鸿昌》

在国难深重的20世纪30年代，吉鸿昌将军因拒绝执行国民党指示，坚决不打内战，被迫携眷出国"考察"。回国后，他加入中国共产党，组织了民众抗日同盟军，英勇打击日本侵略者，后于1934年11月被国民党反动派杀害。

《献身革命　甘于清贫——梅岭忠魂方志敏》

大革命失败后，方志敏凭着"两条半步枪"起家，身经百战，创建了赣东北革命根据地和红十军。本书真实记录了方志敏投身于革命、领导红军和敌人进行艰苦卓绝斗争的经历，歌颂了烈士贫贱不移、威武不屈、献身革命的高尚品质。

《奏响中华最强音——人民音乐家聂耳》

聂耳在他有限的生命中创作了数十首革命歌曲，在抗日救亡运动中，聂耳的这些歌曲产生了广泛深远的影响。他的音乐创作为中国无产阶级革命音乐的发展指明了方向，树立了榜样。

《横眉冷对千夫指——中国文化革命主将鲁迅》

鲁迅不但是伟大的文学家，而且是伟大的思想家和伟大的革命家。在那风雨如晦的黑暗年代里，他以笔为投枪，同一切帝国主义和反动派进行了顽强的战斗，为中国人民树立了一个不朽的丰碑。他是新文化战线上的一面光辉旗帜，是我们伟大民族的灵魂。

《铁流两万五千里——红军长征的故事》

红军长征是人类历史上的一次伟大的壮举。第五次反"围剿"失败后，中国工农红军的三大主力在极端艰难的条件下，突破国民党军队的围追堵截，进行了史无前例的战略大转移，总行程达两万五千里以上。途中发生了许多动人故事，至今令人难以忘怀。

《荣辱不移革命志——创建陕北红军的刘志丹》

刘志丹是杰出的无产阶级革命家、军事家，西北红军和西北革命根据地的主要创始人之一。他一生热爱人民，追求真理，英勇善战，百折不挠，艰苦奋斗，忠心赤胆，为创建红军和革命根据地、为中国人民的解放事业建立了不可磨灭的功勋。

《英名永存北平城——爱国将领佟麟阁　赵登禹》

1937年7月28日，日军向北平郊区发动进攻。第二十九军副军长佟麟阁奉命在南苑率部与日军苦战，腿部受伤，头部被敌机炸伤，壮烈殉国。第一三二师师长赵登禹指挥部队顽强抵抗日军，右臂中弹负伤，仍继续作战。后在转移途中遭日军截击而牺牲。

《八百壮士 四行仓库铸军魂——谢晋元和他的战友们》

八一三抗战，中国军人以血肉之躯揭开全面抗战的帷幕。这是一场血战，是中国军人不屈不挠的英雄诗篇，其中的八百壮士守四行，成为这首英雄颂歌中最动人、最凄美的音符。一曲四行保卫战，铸就了不屈的军魂。

《八女投江 气贯长虹——八位抗联女战士》

抗日战争时期，以冷云为首的东北抗日联军8名女战士，为捍卫民族尊严，面对凶残的日寇，镇定自若，宁死不屈，投江殉国，表现了中华民族同敌人血战到底的英雄气概。她们的光辉形象，激励着千千万万的后来人。

《艰苦抗战 威震敌胆——著名抗日英雄杨靖宇》

杨靖宇将军是我国著名的抗日民族英雄。曾先后担任磐石游击队政治委员、东北抗日联军第一军军长兼政委、抗日联军总司令等职。领导军民对日寇坚持了长达9个年头的艰苦卓绝的斗争，最终以身殉国。

《死也不当亡国奴——镜泊抗日英雄陈翰章》

陈翰章，从1932年8月投笔从戎，直到1940年12月8日为抗击日本侵略者，战死在镜泊湖畔。他在抗日疆场上奋战了九年，他那可歌可泣的英雄事迹将为人们永世传颂。

《名将殉国 气壮山河——抗日将军张自忠》

著名抗日将领、民族英雄张自忠，生于忧患的时代，抱有"宁为百夫长，胜作一书生"的志向，经历过失败与低谷，最终成就了慷慨人生。本书主要以人物活动为主，勾画出一个真正的"民族魂"鲜活的人生，会带给读者振奋的力量。

《宁死不辱战士名——狼牙山五壮士》

1941年日寇在河北易县"扫荡"。为掩护群众和主力部队撤退，五

爱国志士 民主先锋

位八路军战士毅然把敌人引上了狼牙山棋盘坨峰顶绝路。弹尽粮绝、无路可退，五位英雄纵身跳下了万丈悬崖，用生命和鲜血谱写出一曲惊天地泣鬼神的壮举。

《太行浩气传千古——抗日名将左权》

左权，中国工农红军和八路军高级指挥员，著名军事家。是八路军在抗日战场上牺牲的最高指挥员。名将阵亡，太行山为之垂首，全党为之悲痛。周恩来称他"足以为党之模范"，朱德赞誉他是"中国军事界不可多得的人才"。

《虎将兴关外　抗倭统雄师——抗联英雄赵尚志》

本书描写了久经考验的共产党员、东北抗联的创建者和主要领导人赵尚志，在艰苦卓绝的条件下，坚持抗战，威震敌胆，战功卓著，忍辱负重，忠贞不屈，为国捐躯的英雄故事，为青少年读者呈上一部爱国主义的佳作。

《黄埔之英　民族之雄——抗日名将戴安澜》

抗日名将戴安澜，先后参加保定、漕河、台儿庄、武汉、昆仑关等战役，作战英勇，屡建奇功；入缅作战，"扬威国外，藉伸正义"；守东瓜，复棠吉；殉身缅北，遗恨丛林，马革裹尸，成就了光辉的一生。

《爱国志士　民主先锋——新闻出版家邹韬奋》

本书讲述了邹韬奋献身新闻出版事业的奋斗历程，展现了一位新闻工作者坚定的革命信念和炽热的爱国主义精神，全心全意为人民服务、为读者服务的奉献精神，歌颂了他的高尚情操和优良品质。

《为抗战发出怒吼——人民音乐家冼星海》

人民音乐家冼星海，青年时期在巴黎求学，饱尝屈辱与磨难；学成后毅然回到多灾多难的祖国，用满腔热忱谱写激昂的音乐，鼓舞中华儿女的斗志；奔赴延安，谱写出不朽的名作《黄河大合唱》，发出中华民族抗日救亡的怒吼。

《全民皆兵　抗击日寇——抗日战争的故事》

中国人民进行的十四年抗战，是一百多年来中国人民反对外敌入侵第一次取得完全胜利的民族解放战争。这场战争是以国共两党合作为基础，有社会各界、各族人民、各民主党派、抗日团体、社会各阶层爱国人士和海外侨胞广泛参加的全民族抗战。

《捧着一颗心来　不带半根草去——人民教育家陶行知》

陶行知是我国现代教育史上伟大的人民教育家、教育思想家。他从青年起就立志献身教育事业，以"捧着一颗心来，不带半根草去"的赤子之心，为人民的教育事业鞠躬尽瘁。

《为民主与和平拍案而起——民主斗士闻一多》

闻一多早年与梁实秋等人发起成立清华文学社。赴美留学期间由对祖国的深深眷恋而创作著名的《七子之歌》。后在西南联大任教8年，积极投身于抗日运动和争取民主的斗争，发表了著名的《最后一次讲演》。

《铁窗难锁钢铁心——革命先烈王若飞》

王若飞是我党早期杰出的无产阶级革命家。在艰苦卓绝的斗争中，他出生入死，屡建奇功，以超人的睿智和胆略，在敌人的监狱中，同敌人展开了殊死的较量，为抗战的胜利和新中国的诞生做出了卓越的贡献。

《横扫千军　还我河山——抗联名将李兆麟》

李兆麟是东北抗日联军创建人之一，他率领抗日联军历尽千难万险与日本侵略者浴血奋战，在极其艰苦的条件下，保存了抗日联军的有生力量，为东北光复做出了重大贡献。

《锄头开出新天地——解放区大生产运动》

为了解决困难，渡过难关，党中央号召党政军民齐动手，开展大生产运动。中国共产党在其控制区域内发动的一场军队屯田和鼓励生产的群众运动，达到了自己动手丰衣足食，共度难关，既进行革命又进行生产自足的目的。

《生的伟大　死的光荣——女英雄刘胡兰》

刘胡兰，坚贞不屈的少年女英雄。生前对我国劳动人民的解放事业无限忠诚，在敌人威胁面前，大义凛然，毫无惧色，英勇牺牲，表现了共产党员的高贵品质。

《饿死不领美国救济粮——爱国知识分子的楷模朱自清》

朱自清作为爱国知识分子的典型，以锐利的笔锋直言痛斥反动政府的暴行，体现了他崇高的爱国情怀和不畏恶势力的精神品格。毛泽东曾给朱自清先生以高度评价："一身重病，宁可饿死，不领美国的'救济粮'"，"表现了我们民族的英雄气概"。

《为了新中国前进——舍身炸碉堡的董存瑞》

伟大的英雄，中国人民的儿子董存瑞，从儿童团长成长为一名光荣的解放军战士，在1948年解放隆化县城时，舍身炸碉堡，为新中国献出了自己年轻的生命。他的英雄形象永远留在人民心里。

《宁死不屈的共产党员——革命烈士江竹筠》

江竹筠，就是著名的江姐。1947年春，她负责《挺进报》工作，只几个月的时间，报纸就发行到1600多份，引起了敌人的极大恐慌。由于叛徒出卖，江姐不幸被捕，惨遭毒刑的残酷折磨，仍坚贞不屈。最后被特务秘密枪杀，年仅29岁。

《抗美援朝　保家卫国——志愿军的战斗故事》

抗美援朝战争是中国人民志愿军为援助朝鲜人民、保卫祖国安全，与美国为首的"联合国军"发生的战争。在朝鲜牺牲的志愿军烈士们，他们英勇的战斗事迹、保家卫国的精神值得我们发扬光大。

《上甘岭上壮烈歌——黄继光和他的战友们》

在1952年10月的上甘岭战役中，黄继光和他的战友们在零号阵地半山腰被敌机枪火力点压制，此时，黄继光身上已经多处负伤，手雷也已全部用光。为了完成任务，减少战友的伤亡，他用自己的胸膛堵住正在扫射的敌机枪射孔，为反击部队扫清了前进的道路。

《诗书印画　全入神品——国画大师齐白石》

齐白石出身贫寒，做过农活，当过木匠，后改学雕花木工，从民间画工入手，摹古人真迹，学诗文书法，融汇古今，而诗、书、印、画俱佳；他将中国画的精神与时代的精神统一得完美无瑕，使中国画得到国际的重视，无愧于"国画大师"的称号。

《毕生为文化而奋斗——中国第一出版家张元济》

张元济参与、主持和督导商务印书馆近六十年，使其从简单的印刷企业转变为当时中国教育出版的旗帜。张元济一生爱书，在中华大地动荡不安的年代里，他用自己对文化的热爱，续存着中华民族灿烂悠久的文明之光。

《独树一帜　梨园大师——著名京剧表演艺术家梅兰芳》

梅兰芳，京剧大师，演唱风格独树一帜，世称"梅派"。曾先后赴日本、美国、苏联演出，并荣获美国波摩那学院和南加州大学的荣誉文学博士学位。作为一位爱国者，抗战期间蓄须明志，拒绝为日本人演出，为后世称颂。

《华侨旗帜　民族光辉——爱国侨领陈嘉庚》

陈嘉庚是著名的爱国华侨领袖、企业家、教育家、慈善家、社会活动家。他为辛亥革命、民族教育、抗日战争、解放战争、新中国的建设做出了卓越的贡献。生前被毛泽东誉为"华侨旗帜、民族光辉"。

《向雷锋同志学习——伟大的共产主义战士雷锋》

雷锋，一个平凡而伟大的共产主义战士，一心向着党，一生秉承着全心全意为人民服务、无私奉献的崇高思想；发扬刻苦学习和钻研理论的"钉子"精神；坚持勤俭节约、艰苦奋斗的优良作风。毛泽东为其题词："向雷锋同志学习。"

《人民的好公仆——县委书记的好榜样焦裕禄》

焦裕禄，被誉为县委书记的好榜样。他用自己的革命精神，展开了与大自然、与社会落后现象、与病魔的多重抗争，让我们领略到一

个共产党人的生之伟大、死之壮美的人格品质和具有现实教育意义的精神魅力。

《文学巨匠　京味大师——人民作家老舍》

老舍是我国现代小说家、文学家、戏剧家。他用融入骨髓的真诚文字反映生活的喜怒哀乐。老舍的一生，总是在忘我地工作，他是文艺界当之无愧的"劳动模范"，生前被北京市人民政府授予"人民艺术家"的称号。

《革命老人——无产阶级教育家徐特立》

徐特立是一代伟人毛泽东的老师。他出生在贫苦家庭，大部分时间生活在动荡艰苦的年代；他刻苦勤奋，不畏艰辛，追求光明，一生勤俭，为革命培养了大量的人才；他对党和人民任劳任怨，鞠躬尽瘁。他坎坷奋斗的一生，留下了许多可歌可泣的故事。

《人生能有几回搏——新中国第一个世界冠军容国团》

容国团先后担任中国乒乓球队运动员、女队主教练。获得1959年男子单打世界冠军；1961年夺得男子团体世界冠军；作为中国女队主教练，1965年率女队第一次夺得女子团体世界冠军。他的"人生能有几回搏"的豪言，举国传诵。

《石油工人一声吼　地球也要抖三抖——铁人王进喜》

王进喜，新中国第一批石油钻探工人。他为祖国石油工业的发展和社会主义建设立下了不朽的功勋，在创造了巨大物质财富的同时，还给我们留下了宝贵的精神财富——铁人精神。他被评为"百年中国十大人物"，写入中华民族的光辉史册。

《做人民需要我做的事——著名地质学家李四光》

李四光是一位伟大的科学家，他一生从事地质学研究工作，足迹遍布祖国的山川，为祖国探明了许多地下宝藏；他创建了崭新的学说——地质力学；他历尽重重困难，为正确认识地质构造开辟了一条新路。

《中国化学工业的先驱——著名化学家侯德榜》

为摆脱纯碱需要进口的窘况，20世纪初，怀着"实业救国"梦想的中国化工先驱侯德榜等人创办了永利碱厂，并立志生产出中国人自己的碱。1926年，永利碱厂终于成功地生产出"红三角"牌纯碱，从此中国制碱业得以跨入世界先进行列。

《毕生求是　一丝不苟——著名科学家竺可桢》

著名科学家竺可桢献身科学研究；治学严谨，一丝不苟；一生廉洁，两袖清风；作风民主，爱护学生。他以爱国之心、报国之志，从一个民主主义者逐渐成长为一个共产主义战士。

《热爱自然的大地之子——著名植物学家蔡希陶》

蔡希陶，五十载风雨，五十载坎坷，五十载奋斗，五十载开拓，为了发现对人类生产、生活有用的植物及新物种的引进而做出巨大贡献，在中国的植物资源学史上将永远镌刻着他的名字。

《高洁无私的襟怀——知识分子的楷模蒋筑英》

蒋筑英是中国当代知识分子的先锋典范，他不为名，不为利，尊重科学；他以坚忍的毅力和顽强的作风，在科学的道路上呕心沥血，鞠躬尽瘁，无私地奉献了青春和生命。

《迎接新生命的天使——卓越的妇产科专家林巧稚》

林巧稚是国内外享有盛誉的妇产科专家。在五十多年的医学教育和临床实践中，林巧稚亲自接生了五万多婴儿，治愈了数千病人，培养了数以百计的专门人才，为我国的妇女儿童事业做出了不可磨灭的贡献。

《独自成千古　悠然寄一丘——国画大师张大千》

张大千是20世纪中国画坛最具传奇色彩的国画大师，无论是绘画、书法、篆刻、诗词无所不通。在艺术界深得敬仰和追捧，艺术家们用真挚的感情，用绘画和雕塑展现了"张大千"多彩的艺术形象。

《建造中国的通天塔——著名数学家华罗庚》

中国当代著名数学家华罗庚，为中国数学的发展做出了无与伦比的贡献，他是中国解析数论、典型群、矩阵几何等多方面研究的创始人与开拓者，也是我国最早将数学理论研究与生产实践紧密结合的科学家。

《问鼎长天　强我国威——两弹元勋邓稼先》

邓稼先是我国著名科学家，参加组织和领导我国核武器的研究、设计工作，从对原子弹、氢弹原理的突破和试验成功及其武器化，到新的核武器的重大原理突破和研制试验，作出了重大贡献。是我国核武器理论研究工作的奠基者之一，被誉为"两弹元勋"。

《敢叫天堑变通途——桥梁专家茅以升》

中国著名的桥梁专家茅以升从小立志为祖国建造桥梁，经过不懈努力，他不仅设计建造了一座座宏伟壮观、坚固实用的道路桥梁，而且搭建了一座座友谊之桥，为祖国建设作出了卓越贡献。

《蘑菇云之梦——核物理学家钱三强》

被誉为"中国原子弹之父"的核物理学家钱三强，更名后立志于科技报国；24岁投师于世界著名核物理学家居里夫妇；与夫人何泽慧合作，发现铀的"三分裂""四分裂"现象；统领我国的原子大军，做了大量创造性工作。

《两离桑梓地　满怀雪域情——领导干部的楷模孔繁森》

孔繁森，是一位一尘不染、两袖清风的好干部。两次进藏工作，历时十载，为西藏的建设、发展和稳定作出了突出的贡献。1994年11月，孔繁森不幸以身殉职。人民群众称他为新时期领导干部的楷模。

《摘取数学皇冠上的明珠——著名数学家陈景润》

陈景润是享誉世界的数学家，为了证明"哥德巴赫猜想"，他以惊人的毅力在数学领域里艰苦跋涉，终于攻克了世界著名数学难题"哥德巴赫猜想"中的"1＋2"，创造了中国乃至世界数学史上的辉煌。

《学术独步　饮誉四海——享有国际威望的科学家卢嘉锡》

卢嘉锡是一位在国际科学界享有崇高威望的物理化学家、化学教育家和科技组织领导者。1945年，卢嘉锡满怀"科学救国"的热忱回到祖国，对中国原子簇化学的发展起了重要推动作用，他所指导的新技术晶体材料科学研究，也取得了重大成绩。

《德艺双馨　梨园楷模——著名豫剧表演艺术家常香玉》

常香玉1941年赴陕甘演出。1948年在西安创办香玉剧社。1951年为支援抗美援朝，率剧社巡回西北、中南、华南各地演出，以演出收入捐献"香玉剧社号"战斗机一架，素有"爱国艺人"之誉。

《文学大师　激流勇进——著名作家巴金》

本书以巴金生平和主要事迹为线索，回顾和展示现代著名作家巴金的一生，以期让人们看到巴金在这风云变幻的100多年中，有过成功的欢欣，有过屈辱的磨难，有过痛苦的忏悔，有过平静的安宁。巴金的人生，映照着一代中国五四知识分子坎坷而不平凡的命运。

《壮心系科学　孜孜为国昌——理论化学家唐敖庆》

本书讲述了唐敖庆从出国求学、学业有成、回国任教，到服从安排、艰苦工作、刻苦钻研，最终成为中国量子化学奠基者的过程。让人们看到了这位著名化学家的赤心爱国、严谨治学、大公无私的崇高品格和科研上的卓越成就。

《中国导弹之父——著名科学家钱学森》

当第一颗原子弹升空的时候，当中国的人造卫星奏响《东方红》的时候，当中国运载火箭腾空而起的时候，当中国研制的导弹准确命中目标的时候，人们都会想起他的名字：中国导弹之父钱学森。

《中国近代力学的奠基人——著名科学家钱伟长》

钱伟长曾以中文和历史两个100分的成绩考入清华大学。九一八事变后，钱伟长毅然放弃了文科的学习而转为理科。他是中国近代力学、应用数学的奠基人之一，在固体力学、流体力学以及航空航天领域，取

得了卓越的成就，为新中国的现代化建设付出了毕生的精力。

《中国光学科学的奠基人——著名科学家王大珩》

王大珩是我国著名的科学家，中国光学科学的奠基人。他先在清华就读，后赴英国求学，学业有成，立志科学救国，其成就享誉神州。他以科学的求是精神和赤诚的爱国情怀，探索着中国光学发展的闪光之路。